抑郁
生花

蔓玫
著

人民文学出版社

图书在版编目（CIP）数据

抑郁生花／蔓玫著．—北京：人民文学出版社，2019（2024.1重印）
ISBN 978-7-02-015182-0

Ⅰ．①抑… Ⅱ．①蔓… Ⅲ．①纪实文学—中国—当代 Ⅳ．①I25

中国版本图书馆 CIP 数据核字（2019）第 094767 号

责任编辑　周墨西
装帧设计　李思安
责任印制　苏文强

出版发行　人民文学出版社
社　　址　北京市朝内大街 166 号
邮政编码　100705

印　　刷　北京盛通印刷股份有限公司
经　　销　全国新华书店等

字　　数　166 千字
开　　本　880 毫米×1230 毫米　1/32
印　　张　9.875　插页 13
印　　数　16001—19000
版　　次　2019 年 7 月北京第 1 版
印　　次　2024 年 1 月第 4 次印刷

书　　号　978-7-02-015182-0
定　　价　42.00 元

如有印装质量问题，请与本社图书销售中心调换。电话：010-65233595

药水令人平静，镇定，愉悦。可另一方面，也是切实存在的束缚。它是维系死与生的一线，是疾病与康复之间的联结。

他们对我说，不要回头看。你不要回过头去看。不要看那个被抽掉了灵魂的人，更不要看她脚下的深浓阴影，万丈深渊。

他们以为他们爱我。他们或许真的爱我。可是没有用。没有一种爱能填补我。我不爱我自己。

是什么在束缚我呢?层层的丝线,牢牢的捆缚……让我无论怎么跑,都只能是幻灭。

那是我以为永不会泯灭的欲望。是自骨血深处生长起来的花。想要割开自己,去检视,去确认,去尽可能挽留它们的存在……这不是很正常的吗?

想要回到什么都不会的年龄,想要回到为鲜花所环绕的屋子里去,想要尘封的标本复苏……想要枝头的玫瑰,不要凋谢。

我知道欺瞒是不好的。我知道伪装是不该有的。可有那么多眼睛看着，看着，看着……我只能转过身去，掩住自己的口。

什么都没有了之后，陪在身边的只有无穷无尽的黑暗。

美丽的花朵在地下必有蜿蜒的根。你是要选择保留那些花朵,还是要斩除那些根?

我不想再害怕你、抗拒你、逃避你、消灭你。
我希望能与你和解。今后的日子,我愿意与你同行。

死地 —— 001

039 —— 告白

夙愿 —— 081

117 —— 花园

迷藏 —— 151

189 —— 余烬

共生 —— 227

一点后记 —— 263

271 —— 附录

目录

死地

一

我终于被送进精神病院里去了。

在这之前,我在寝室的床上瘫痪了多少时日,已彻底记不清了。时间失去刻度,昼夜没有分别。所处的空间完全静止,一个什么都没有的、"无"的空间。

什么都没有了。是。什么都没有。泪水不再流了。手指不会动了。眼睛还睁着,却什么也看不见了。呼吸与脉搏尚存,大脑却仿佛遭受严重破坏而不得不自动格式化的机器,无法再启动。饥饿、疼痛、困乏、悲伤……所有的感觉都没有了。体内有一个深不见底的黑洞,吸纳、吞噬、抽空,剩下的只是一具行尸走肉。

我最后的记忆是那场考试。下午两点半,逸夫楼(是逸夫楼吗?),走廊上纷纷的足音都在朝它奔赴。我呢?我明明也该是其中的一员,这一刻却只能听着足音渐次湮灭,留下的是越来越深的静默。何以至此呢?明明到了必须起身的时候,我却发现,自己竟还在原地没有动。

动不了了。我作为生物的这一项机能丧失了。每一个关节都被封死，僵化，失去控制，一丝一毫也动弹不得。（木僵化——我后来会知道这个专有名词的。）竭尽全力，集中了全部意志，想要往前迈进至少一小步，却只是跌倒下去，无论如何爬不起来。

"你站起来。"我对自己说。

"你是不想去考试吗？怎么可以这样逃避？"

"手机就在桌上。电话就在门口。你站起来。你要去呼救。"

我到底是没能呼救。这个姿势一直保持到考试结束，我的室友们归来，想必是她们把我扶到了床上。那后来呢……后来再有记忆，我已在去往校医院的路上，被父亲与香樟君一左一右架着。校医院的医生叫我转院，我就又被架去别的医院。去了，再出来，已是一个月后。

有时我想象医生那一天见到的我是何模样。枯瘦的十八岁女孩，披头散发，面如死灰。碎花裙子已多日未洗，或许在微微发臭。双手颤抖，反复摸索，仿佛一个猝然掉入陷阱的失明人士。而那目光也确实像是盲的——涣散无神，没有对焦点，连带整张脸都被浸染得麻木空洞。

你见过已死之人的脸吗？剥离所有表情、欲望、智识……写在脸上的万事皆休。那一刻的我所有的，大约就是这样一张脸。

医生在问我。可我听不懂他在说什么。提问需一次又一次被重复确认。是哪里不舒服呢？是最近才开始的吗？之前有没有看过医生呢？睡眠怎么样呢？早上几点钟会醒呢？……许多需要他人代为回答，也有许多大段的空白、等待，等待我报以极轻微的点头摇头。我知道自己是在配合的，因为觉得自己在给所有人添麻烦……为什么要管我呢？为什么要拿宝贵的资源耗费在无用的我身上呢？我活着一点用处也没有。让我自生自灭原是最好的。

医生却很有耐心地问完了。又对父亲与香樟君笑一笑。

"她能活到现在，已经是个奇迹了。"他说。我记得他确实是这样说的。

奇迹……这大约是一个褒义词吧。细微的怀疑在我心中弥漫，总觉得他是故意哄我们的。还是他对所有病人都这样说？百无一用之人如我，绝不可能是与众不同的，值得赞许的。不是么？过往所有的经历都已证明了，我甚至无资格被称为一个"废物"。那是对废物的亵渎。

（放弃我吧。）

我被带去做症状量表测试。90分以上被认为有抑郁倾向，160分以上被视为重症。我的分数是292分。这个分数终于叫我生出一种踏实感。我是病了。我的疯魔与无用都有了成立的理由。

又去做心脑电图。女医生盯着屏幕看了看，说："这孩子挺聪明的。"

父亲一愣，旋即笑起来："是的。"体面肯定的回答。过去许多次都是如此。被夸奖的时候，他在旁边笑着。仿佛很矜持的样子，笑却来自皮肉之下，很深的深处……

"聪明也不好的……人还是要想开呀。你想想,将来你工作了,大家是同事,人家不如你聪明能干,但人家会溜须拍马呀。你能怎么办呢?还不是只能认了。说不定因为你聪明,人家反而拿你当靶子的。过日子么,不就是这么回事……"

她的口气非常可惜的样子。竟不像是在说我的。

(放弃我吧。)

我回到门诊医生的房间里去。香樟君轻轻抚摸我的背:"我们可能要住院。"

我没有应他。住在哪里不是一样呢?不过都是徒劳,都是浪费资源。很长一段时间我想过去死,也确实这么做了——又被救了回来。我这才发现,就连死亡也是要麻烦他人的。跳楼,也许会砸到人。宿舍里割脉,上吊,服药,同住的人们怕是都不得安生。撞车,卧轨,这种缺德事更加做不来。若静悄悄去野外,就此失踪,必也会被身边人发现,大动干戈,还连累校方与警方找人……

多难啊。活着艰难,要去死也一样艰难。无论如何想不出一个无碍于他人的死法。更重要的是——渐渐地,我连"死"也想不到了。

我的肉身还在,灵魂却已死了。

(所以,放弃我吧。)

二

我小时候，家后面就住着一个精神病人。他与他的老母亲相依为命，没有人管他，也没有人敢接近他。谁家的小孩子不听话，闹腾，那大人就总要吓唬："神经病要来啦！""神经病要捉你走啦！"小孩子听了，就免不了要害怕——尽管那精神病人仿佛从未伤害过谁的。上初中后，也有同学住的地方离精神病院很近。同学之间玩笑起来，他们就笑嘻嘻说："他家在何家桥哩！"

何家桥是精神病院的所在地。那听的人就发火，总要挥着拳头上去讨个公正。至少，也是要声色俱厉地回驳："你才住何家桥！你全家都住何家桥！"

——我也跟着笑。有时候被人欺侮了，随口也会骂一句："神经病！"

好了，现在我也是个"神经病"了。

多年过去，仍不会忘记的是那一片白色。我死去的灵魂，奄奄一息的肉体，与许多千疮百孔的生命一样，都融化于这一片纯白之中。我们好似来路各异的食材被放在同一口锅里，慢慢地炮制。谁也不知道最终会煎熬出怎样的滋味。

墙壁、被单、器具，都清一色的白。穿白衣的医生与护士在其中穿梭，白色的纱布和棉球默默覆盖所有因果。你以为这里惯见的当是浓墨重彩的冲突，撕心裂肺的疼痛，鲜血淋漓的创口，还有更多生离死别，人情交错……但不是的。大多数时间里，它是这样洁白静谧的。

也唯有无上洁净的白，可对抗这一切了。如橡皮擦过的白纸，新建空白的文档，大雪覆盖的战场。《红楼梦》里说得最好：白茫茫大地真干净。

我拿自己的手在白茫茫的墙壁上摸索。缓慢而不厌其烦，每一个细胞引发的触觉都不肯放过。只有这样才能验明自己的存在。才能确定，自己还活着。

精神科的住院分为两种：开放式与封闭式。有些医院统一封闭管理，与世隔绝，外来人员需得经过申请检查才能进入。但更多的是基于病情划分——有显著自杀倾向的、于公共秩序有所干扰妨害的，会被放到封闭式病房里去。剩下住在开放式病房的，即与普通住院无太大不同。

我所在的医院仿佛并不怎么高兴动用封闭式病房。重症病人亦被一视同仁，混杂在开放式的楼栋里。只有当真大动干戈，闹出什么性命攸关的事件来，才会被齐心协力拖走。

这是一种危险。但这亦是一种不计代价的信任。一种随心所欲的自由。

于是我站在走廊上，看见形形色色的人，来来回回地出入。有穿病号服的，有不穿病号服的；有妙龄少女，有垂垂老妪。有人在读报，有人在铰指甲，有人在拿着手机听音乐……到处都是人间烟火。我们齐齐站着，或许都产生一种错觉，觉得我也不是什么病人，不过换了一处宿舍罢了。

可病人终究是病人。任凭怎样的信任与自由，亦无法抹杀这一点。深不见底的白色与戒备森严的铁门是再明确不过的注解。我还没能学会坐下，新的白衣人已开始新一轮的声明与提问：你被鉴定为一个精神障碍患者。你来住院。因此你要服从安排，你的家属与陪同人员需要签署文件以担负责任。为了确保你的康复，我们必须获得你的真实信息。即使这可能涉及隐私部分。包括但不限于年龄、血型、过敏史、性生活史、初潮时间……

他一气读完所有内容，表情与语调叫我怀疑他是一个机器人。可那又怎样呢？纵使一个毫无情感但逻辑健全的机器人，也好过一个丧失思考能力不能自理的有血有肉的人。他们是施救者，是解决问题并制定规则的人。而我是病人。

病人需要被控制。需要配合、服从。一定情况下被强制拘束。这都是为了病人自己的健康，为了整个社会的稳定安全。

我在白茫茫的病房里坐到天黑。人叫我站起来，我就站起来。

叫我坐下，我就坐下。牵我的手，带我去吃饭，我就静止僵硬，无力动弹。他们就又来搀扶我，摩挲我的背，好言相劝……你或许难以想见，我的脑海里，视野里，只有一片茫茫的深不可测的白，像荒原里凝固的一片大雪。千山鸟飞绝，万径人踪灭。那力图帮助我的人在外围反复进击、铲除，能攻占的地域却仍非常有限。

入夜了，护士前来发药。许多单颗白色药丸装在小小塑料杯里，递到我手里来。她盯着我："吃吧。我要看着你吃掉。"

我不想吃药。

可怎么能反抗呢？有什么资格反抗呢？我是病人。我是给人造成麻烦的那一个。为了维持我的生命，占用着不必要的种种资源。我的罪孽深重……

罪孽深重的人哆哆嗦嗦抬起手，把药吃掉。我的动作太慢。我很想和立刻转身走开的她道歉。

香樟君从学校把笔记本电脑取了来。他和父亲从此轮流陪护我过夜。见我吃了药，他就说："好啦，你去洗澡，然后我们一起看动画片。你一个人走得动吗？"

我不答他。我是想回答的，可嘴里说不出话。很长一段时间了，在我还有基础的思考能力的时候，我就已经说不出话。纵有满腔言语，情绪激荡，双唇却被粘合封锁。只能拿起手机来敲字，或颤巍巍写在纸上。后来连笔也握不住了。入院前最后一次吃饭，连筷子也握不住。学校门口的寻常小餐馆里人声鼎沸，空气中弥漫笑语与油烟。四十出头的我的父亲,二十出头的我的男友。在他们既往的人生经历中均从未见过我这样的人。两个男人吞咽咀嚼着各自的沉默。我的室友,鸿雁,那心性柔软的女孩,就坐在旁边无声地哭。

香樟君搀扶着我,我们沿着走廊慢慢往浴室走去。我生病这一年,家里已没有钱很久了。有独立卫浴的病房父亲是舍不得叫我住的。他自己呢,若不来医院陪床,就在男生宿舍睡空余床位。终于有一天被宿舍管理员拦住,要赶他走。

"我女儿生病了……"他如是这般与管理员解释着。

与我同病房的大姐似乎比我们更穷。医院的盒饭是从来舍不得买的,她的母亲陪护她,日日到了饭点,就从床下摸出两罐腌渍小菜来,与她一起啃馒头。她们吃饭的样子叫我想起梵高的《吃土豆的人》,不言不语的动态画面仿佛默片推进,看去更有一种庄稼人特有的扎实与顺从。住院的开支明细定期发下来,她们就一起凑着头仔细看。看很久,再对折好,添入既往厚厚一沓单据中,单据们以一小条粗布包裹,被小心翼翼地压在行李包的最下面。

香樟君扶着我往浴室走。

很晚了。白日里来往的众人都不见了,走廊的地面仅有我们游动的倒影。尽头一面上了铁栏的大窗,月光交织树影,在那后面流淌闪烁。我歌月徘徊,我舞影零乱……我只记得这两句了。那后面呢?后面是什么?

热水自莲蓬头喷出,浴室里很快蒸腾起细细的雾气。香樟君说,手机你留着。有事就打给我。

能有什么事呢？不过是洗澡罢了。我站在水下呆呆地冲着。然而热气很快将我熏得迷离起来，困意仿似水滴，沿着发丝缓缓流入眼中。我挣扎着，裹起衣服匆匆往外走。这些日子我已习惯类似的挣扎了。我的脚步是虚浮的。我的影子，我看到的那月迷树影，都愈加波光粼粼了。病房里，香樟君已打开电脑，他抬起头来紧张地看我。

"怎么了？"

我摇摇头，一头栽倒在床上。我的头发还是湿的。

三

护士送来的药丸里,有一味是得以确认了。其实若仔细观察,也能看见它上面刻着小字,stilnox。上网一查,就是强效的安眠药。

香樟君因此露出他那标志性的少年老成的生气来:"怎么也不说一声呢。若吃了在浴室就睡过去,可怎么好?"

并不是不知道为什么。并不是所有人都像我一样,想要好起来,又生怕困扰到别人的。总有人有被害妄想,总有人相信自己没有病,总有人想趁医生不注意的时候把药偷偷扔掉。

对面的大姐问:"可不可以把这药的名字告诉我?免得到时候给我吃了,我也不知道的。"她的普通话里带有浓浓乡音,却因为面对着我们,分外想要显得字正腔圆些。

可她与她的母亲并不认得英文字母。我们就尝试与她描述那药的样子。我说不清,也派不上什么用——药丸们原都长得很像的。

她的睡眠却很好,偶有呼噜。有一天半夜醒来,问父亲要水喝,就见他坐起身,摘掉耳朵里塞的棉球。

"你说什么?"他轻声问我。

吃药、打吊针、吃药、打吊针。日日不过也都如此罢了。清早会有医生来巡房，护士长定时查看探望，除此之外，我们继续在白色的锅里沸滚，反省各自的人生。

所有的药都有简单无害的外表。看上去与平日吃的感冒药或消炎药没有什么不同。可吃下去，整个人像是被一种额外的力量提起。有一双双无形的手垫在身后，稳重而规律地托着你、拍着你，赋予你一种不知哪里来的轻松平静，却又非常坚实，甚至还带有淡淡的愉悦感。你大可就这样愉悦下去，但最好不要仔细回味 ── 一旦回味，便要发现这样的平静与愉悦均属外来物，并不由我们本身产生。像是一个人觉得冷，于是被送进开着暖气的房间里。是暖和了，四肢百骸是放松下来了，但只要暖气一关掉，你的内核仍然是冷的，仍会一点一点以固有的节奏凉下去，仍没有自我发热的能力。

我要一直吃这样的药吗？一辈子都离不开它了吗？身家性命，所有的赌注……都寄托在它们身上了吗？

不啊，不想被困住。我以为自己不在乎，却忍不住要盲目而焦急地盼望起来。什么时候才能好起来呢？什么时候才能不再徒耗资源，给我的性命下一个明确的论判呢？随着日影飞逝，那焦急的成分似乎越来越多了。双手手背被扎出大量针孔，淡青色静脉上长期覆盖碘酒的晕黄色。护士来扎针，需反复观察，确认，才好找一处无损的血管扎下去的。这双手已失却原有的修长流畅形态，变得松软、苍白、无力，是注射导致的水肿。

我喃喃地与父亲说:"为什么? 还是不好。"

那做我父亲的人自然也无从解答的。他只好去找医生,不是给我看门诊的那一个,而是每日早晨器宇轩昂前来巡房的那一个。他们说他是最新引进的博士生,在他的研究领域曾荣膺赫赫战果。他就果真大驾光临,提一把椅子坐在我的床前,问:"你怎么不好了?"

我如今能听见他的声音了。他的声音和他的动作一样迅猛。也能听见病房敞开的大门外清洁工打扫地面的声音、病人家属打电话的声音、谁的拖鞋趿拉拉划过的声音……一切运转着,井然有序,各得其所。我们的对话仿佛很容易被听去,却又并不与任何人相干。

我又看见他威严的眉头,如镰刀般的形状。我忽就觉得自己体内才萌生的一点欲望与情感也被这镰刀迅速收割干净了。

还能说什么?喉咙异常干燥。蓄力准备的字句在镰刀亮相的刹那自动分崩离析了。我果然不该这样贸然提出要求。我没有这资格。

"说吧。"他换了一条腿架在另一条腿上。

"我……我觉得难过。"

不能更缓慢,更谨慎了。哪怕能思考的神经只有那寥寥几条,我也要竭尽所能动用它们。为了避免被嫌弃,为了得到帮助,我必须提供一个有价值的答案。

"你为什么难过?"

(我不知道。)

对面的人又换了一种坐姿。他空放的两手抱在胸前了。

"那你这次是为什么抑郁的？"

抑郁。抑郁这两个字像子弹一样将我贯穿了。它是我患病的名义，是我失格的理由，是我异于常人不容于世的罪证。我感到疼痛，非常疼痛，身体因疼痛忍不住战栗，向后退缩，仿佛有一剂腐蚀性液体浇在心脏上，让我发自内心地溃烂起来。可疼痛不是好事情么？就在前不久，我还连疼痛都感觉不到的。而我也确实是一个严重的抑郁症患者，这没有什么争议的。我不该因此难过，我不应该的……

"那你说啊。说说最近什么事情让你不开心了。"

是。我要尝试与他说。说我脑海中所记得的。可我记得什么？有什么是我记得而可以说清楚的？这太难想了。不开心的事情实在太多，而我实在想不出有哪一件是能够顺利说出口的。可我又那么害怕他失望。愚蠢如我，亦能预想到他的失望只会引发下一个更加咄咄逼人的提问。我无法从那强力的气势，从那两把镰刀的逼视中逃脱出去。他是医生，他是来救助我的。他正等着我回应，我要配合……

太局促了。太局促了。只能局促地在一片狼藉的记忆盒子里翻检，仿佛只要稍慢一点，那镰刀就要朝我劈头挥下来了。可是太大的不可以，我自己都没有搬动它们的力气；太小的也不可以，他一定看不上的……我弓着身子诚惶诚恐揣摩他的想法。仿佛能看见自己的皮肉一点点被割开，鲜血很快淹没了逼近的刀锋，伤口一突一突地跳动……一种叫"求生欲"的东西迫使我赶紧张开嘴，说起我能想到的最近一件叫我哭泣的事情来。

我与他讲香樟君与鸿雁之间的争吵——

"他们分别是谁？"……是我的男友，我们在一起不到三个月。以及我的大学室友，我们同住已有三年。

"他们为什么吵架？"……因为她不喜欢他，认为我的选择非常有失水准并叫她失望。

"这对你有什么影响？"………她故意不与我说话，找机会与他吵架，到其他的寝室去诉苦，淌眼抹泪……我试图与她沟通，但她却不愿回应。我就觉得难过。以及，也不明白自己是哪里做错了。

……

他问什么细节，我就交代什么细节。他问什么缘由，我就想尽办法硬着头皮给他提供一个缘由。感觉自己在参加一场快问快答的竞赛，可我还没有答完，那主持竞赛的人就要宣布结束了。

医生突然打断了我。他突如其来的发问叫我又一哆嗦。

"那他们现在好了么？"

"好了。"

"那你还难过什么？"

是。那我还难过什么。庸人自扰，无事生非，是这个意思吗？我不懂得。对话是怎样结束的，我也不记得。没有任何总结，反馈，似乎只是取得了想要的信息，他就扬长而去了。他折叠椅子的"啪啪"的声响与打人耳光的声音是很像的。他走了，我才回过神来，从竭力想要配合的模式中解脱出来，才发现我的心已被腐蚀干净了。有血腥痛楚的液体在我体内游走，积蓄力量，逐渐磅礴汹涌。灼烧我。吞没我。

我做了什么？怎么就把这样私密的、不堪的、无足轻重的小事讲给他听了？讲这些有什么用？我难道是因为这样一点争吵就要跑来住院的么？他对我一无所知，我为什么要选择一件"根本不是那样"的事来自我佐证呢？

仿佛是被人扒光了衣服，扔在聚光灯下，雪亮的灯光探头来查看我全身上下可能存在的症结。他要我自行献上一个合理的瞄准点，然后一刀下去，尽可能的痛、快、狠、深。见血了。会疼了。他的目标就此达成。他走了。若无其事，抑或心满意足。而我还赤身裸体地躺在聚光灯下，我的姿势仍是那个迎合的大敞着的姿势。

不要脸。我从未觉得自己这样不要脸。

不。是我的错。是我软弱、笨拙、无耻、词不达意……是我，是我自己没有能力与资格获得我想要的回应。这样的一个我，体内的悔恨、羞耻、厌恶、悲痛、惶恐、无助……已多到装不下了。对不起。是我活该。我活该要被挤爆了。

所有的底线与自觉在那一刻被绷断了。它们合力掀起一场暴烈的海啸，以泪水的形式自体内倾泻而出。狂风骤雨，天崩地裂，身子抖得不成形状，颅骨迸发出摧枯拉朽的剧痛。是碎裂了吧。一定是在这样的激荡中碎裂了。那颤抖的双手忍不住要去撕扯头发，又抓住双臂，留下一道又一道深刻的血痕。

为什么？为什么这样可恨？为什么这样没用？为什么会对自己根本没有价值的生命抱有期待？除了去死，你的生命还有什么可能？

没有别的可能。

四

我是死不掉的。

没有力量去寻觅一切可用以杀死自己的工具。念头虽挥之不去,执行力却接近于零。我哭,那也不过是将体内的海啸倾泻干净就罢了。泪水是唯一能感觉到的东西,而我竟不知道一个人可以流那么多眼泪的 —— 也是有意思。人体有多少极限,是我还不知道的?

那大姐的妈妈探过头来。她的脸蕴含着泥土大地里滋养起来的淳朴的笑。

"你可将一卷纸都用完啦。"

于是我定睛去看。我用完了自己的纸巾,手头的卷纸也只剩下最后薄薄的一层 —— 是她们支援的。她与她的女儿坐视了全过程。我是如何疯魔哭泣,以头触墙,如何连三个男子都按不住 —— 我的父亲,还有恰巧来探望我的那两个同学 —— 此刻他们退出去了。

愧疚迅速控制了我。我想我定要还她们一卷纸的。一卷,两卷,甚至更多。

可她们却很快地出院了。也不说什么，匆匆地收拾了行李，就这样走掉了。无人核查，无人拦阻，让我忍不住也想拔掉手上的管子，自床上下来，就这样扬长而去。可我做不到。做不到的事情太多了……我的脑子原本空着，如今则在药水们日复一日的催化下渐渐起了雾。盘古尚未醒来，天地尚未分开，这满脑的混沌里有许多飘忽不定的想法游走，却又迅速归于无形，在我徒劳地伸出手去捕捉的一刹那如云水飞逝了。

大部分时间我睡着。还有大部分时间虽醒着，也躺在床上一动不动。大量的针剂、注射液，如绵绵絮语，娓娓道来，一个又一个漫长的故事……灌输到我的体内，让我消化掉有用的那部分，排泄掉无用的那部分，于是也逐渐积累唤醒自己的故事。

我必须配合它们的节奏。

我们的生活几乎都被点滴瓶控制着。药水令人平静、镇定、愉悦，另一方面，也是切实存在的束缚。一开始想一味躺着，不与它计较，可那样多的水，进了身体，总要排出来，所以你总能见到有人高举点滴瓶赶往洗手间。我想也许后来的我们都训练出一种特殊技能：将点滴瓶也视作身体的一部分，新增的一个器官，灵活地提着它开门、关门、蹲下、起身、穿越障碍……扎着针的那一只手仿佛要去唱戏，时不时做一个挽花，躯干也绕着它做出优柔曲折动作，这大约是我最灵活的时候。

可它们也曾险些置我于死地。是的，想要好起来，总必须要承担一些风险——风险是无所不在的。

护士们给我加了一剂注射液。我不知道是什么，知道也没有用，上一次的经历已教会我尽可能去服从。可那几天里，扎针的手总格外疼一些，我以为是我的知觉在不断苏醒恢复。至晚间出去散步，身体就愈发奇妙起来——是，天色是在暗下来，街景的轮廓是该渐渐模糊起来，可我的眼却连那最强烈的光与暗都分不清了。无形大手扳着我的头与脚强行向后压缩。脖子、脊椎、膝盖、脚踝，一连串的关节都僵硬绷直，又神经质地抽搐。

母亲该喜欢我这样的走路姿势。抬首挺胸，雄赳赳气昂昂。她总嫌我走路姿势不够大方："天天低着头，也没见你捡到过钱。"

可要昂首挺胸，付出的代价有些过大了。从前是，现在也是，我的脖颈几乎要向后仰断了，腰也扭曲了，双腿即将直直地往地面栽倒了。不是该呼救么？为什么开不了口？我果然只能一径按捺住这别扭的姿势往回走。香樟君紧跟着："你怎么了？怎么了？"他焦急地发问，我却始终沉默着。

我想起李煜。那被毒酒赐死的后主，据说他死的时候就是这样：头足相就，状若牵机，一个坏掉的木偶……

我被背回病房里了。这诡异的体感就自己消失了。叫我怀疑刚才不过是一场噩梦。

噩梦在翌日重演，且更为严重。举步维艰，几近失明，我又一次被香樟君背回来。可问值夜班的医生，医生也说不上来为什么。我的症状自顾自又消失了。于是他们说："再观察看看吧。"

至第三日，就轮不到出门散步了。药水输入，带来的疼痛是颠覆性的。全身筋骨都在一下一下抽动，以疼痛昭示自己的存在。

一颗心快要蹦出来。连我的喉咙、口腔、面颊，都为它那丧心病狂的剧烈跳动所感染，跟着高频率颤抖起来。视力又涣散，呼吸也急促。父亲连忙去叫了护士来给我拔针——液流一掐断，针头一抽走，我就像陷入暴走的机器被扒掉了电池一般，余音尚在，却很快平静下来了。

"刺五加。"父亲查验那药品信息，转过头来告诉我。

那新搬入这间病房来的女孩，她的父亲就说："是，你们可记好了药品名字，就该去告他们，要赔偿的。哪有这样的事，打点滴会打得全身疼？心跳加速？真他妈扯淡。"

我们都没有说话。

（数月后爆出过大新闻。某批次的问题刺五加注射液导致数名病人死亡。更多类似的既往案例也被挖掘出来。我不知道自己是否幸免于难的当中一个。）

五

新来的隔壁床的小姐姐是个美人。

"这小姐姐是画家,"她的父亲非常郑重地与我介绍,"以前开过画展的。以后送你一幅她的画。"

我听着。我是没有力气好奇的。而我的父亲则不会在意这个,他只是问另一个父亲,担心他的女儿是否会吵闹攘动。

"怎么会!"他说,"我家小孩是最乖的。"

她看上去确然是乖巧的。她的父亲整理床铺,她就在床沿安安静静地坐着。她有着我羡慕而不得的深邃轮廓与浓密的长睫毛。曾几何时,我也偶尔会被认为是美丽的女孩子,人群中收割恋慕的目光——可到了她面前,这仅有的一点记忆琐屑也不由得要自行粉碎了。我苍白、浮肿,眼皮耷拉,神情痴呆,且因为药物的副作用,体重计上的数字已迅猛前进了一大截,将近二十斤肉。我下意识摸一摸,不知道都长在身体的哪个角落。

护士来给她注射。她只要打针就可以,她的身上不用长出点滴瓶与曲折的输液管。这与她那并未遭受疾病摧残的美貌一样叫我羡慕。然而针头一旦亮出来,她就紧张,扭动,发出短促的尖叫。她们只好轻轻抚摸她,俯下身去温言软语地安慰:"你真好看。你的睫毛好长呀。"

她比我大十岁。但看上去仿佛与我同龄。这也叫我羡慕。她的父亲并不缺钱,一直筹谋着等单人间空出来,就叫她搬过去住。这也叫我羡慕。

"小妹妹,小妹妹。"父亲们不在的时候,她这样轻声地呼唤我。很奇怪,是否我的错觉? 她看我的目光总与看其他人有很大不同。医生,护士,她的父亲,她看向他们的时候,冰冷警惕麻木。至于我的父亲与我的男朋友,她是从来不看的。

有时她问我洗澡间是否有人。有时我读书——我终于可以做一点像样的事情了,拿出尚未学完的法语课本来读——她就看我一看,默默听着。有时她的一个表妹来看她(奇怪,我是怎么知道那是她的表妹的),或我的同学来看我,病房里就发出笑声了。可医生,护士,她的父亲一旦出现,她的魂魄就被抽走了。

"精神分裂症,家族遗传,病史已超过十年。"父亲偷偷地告诉我。

我们是病人。我们在医院里住着。可我们对疾病所知甚少。你想知道什么,你得去问,没有人会主动来向你解释你的病进展如何,我们准备如何如何,你需要,或你可以如何如何。有的人会隔三岔五去打探,围着医生,喋喋不休地问。如我和我的父亲这般逆来顺受、缺乏求知欲的,就只能被动地接受、听从,若有疑问,就通过身侧些许零散的标签与言语来做出推测。

我们已失败过一次了。不能轻举妄动。那一场大哭与结了痂但尚未褪去的累累血痕教会我——提问,汇报,不见得有好结果。我如今是连正眼都不敢看向医生的。他早晨来巡房,我就将脸遮着。我恨不得把自己整个人都遮起来。

自从吃安眠药后我只在半夜醒过两次。第一次是为农民大姐的呼噜,第二次就在这一夜。仿佛是滚滚的闷雷与焕亮的闪电,若有似无渗透进来,驱散了叫我沉睡的那一团浓稠迷雾。我睁了眼,又被睡意拉扯着闭上,又睁开……如此反复数次。那雷与电的来源逐渐明晰起来,我看到头顶一盏雪亮明灯,病房里敞亮而人头攒动。叫喊声,金属器物碰撞的尖锐响声,急急忙忙的脚步声……这一口白色的锅里像是有什么炸裂了。

香樟君的脸庞浮现,还有父亲的——他离得远些,在斜后方露出半张看似镇定实为担忧的脸。怎么他们俩都在?我心中有所疑惑,却并未发问。"你睡吧,睡吧。"他们说。伸出手来覆盖住我的眼。我翻个身,能感受到被褥被人拉得前所未有的平整,平整得仿佛我是一个遗体,被装在即将接受吊唁而火化的棺椁里。

遗体该有遗体的样子。我果然又睡去了。我没有什么想问的。

她没能在这里住多久。一星期,或更短,那时候的我对时间是不太有数的。她的反抗太多，挣扎太重，他们不得不将她绑在床上才能继续注射。到最后，也许所有人都精疲力尽了。也许所有人都觉得这不是一个足够降服她的地方。总之，穿白大褂的人密密地进来，将她带走，从此我们再未见过。

六

反抗一直存在。挣扎一直存在。突然失去音讯的人一直存在。起初半夜有人在楼上唱国歌。非常准时,慷慨激昂,抑扬顿挫。我刚刚学会将这歌声作为一种定时器,那唱歌的人却不再唱了。

有人追着医生,在人来人往的走廊上精确定位目标,嚎叫着将他一把扑倒,拳脚相加。保安赶来将两个人分开,将有病的那一方拖走。他依旧挥动四肢,神情激越。

有阿姨长期在每一间病房的门口徘徊,与每一个有说话能力的对象搭讪攀谈。她拥有仿佛永远不会熄灭的旺盛精力与不避嫌的热心肠,与她手中的苹果一样,永远吃不完的。那时农民大姐尚未出院,母女俩可与她津津乐道很久。说完了,却又觉得哪里不对,于是与我们讨论:"她这样正常,怎么也会得病住进来呢?"

香樟君说:"可是不是有点太正常了?"

她后来果然犯了事。几天下来,不见人影,再出现时,脸上包着纱布。她气定神闲地继续挨门挨户聊天,终于转至我们这一间的门口。她啃苹果发出清脆的沙沙声,叫我不得不缩回被子里去。从小我就听不得别人咀嚼苹果的声音——听着,就觉得寒冷,哆嗦,凭空起一身鸡皮疙瘩。

"他们说你打护士……"我在被窝里听见农民大姐的询问。

"当然要打了!"她理直气壮,俯下身,直直问到她们的脸上来,"嗳,他们拿绳子绑我,你说我要不要打他们? 绑我哎,那么粗的绳子!"

听者便诺诺。

"他们绑了好几回呢。我都给咬开了。咬开了我就跑!"她说。

也有人好奇,去问护士。"听说有病人打你们哦。"

"是……可那是病人呀。……怎么能和病人计较呢。"她把针头插好了,输液管的速度调匀了,清清淡淡地又补上一句。

那问的人似乎就说不出什么来了。

七

我也换了病房。

也许是因为刚刚发生的一系列大闹让我的父亲心有余悸，也许他终于获得机会，暴露出内心对我的担忧与愧疚——总之我被升格了，我得以住进刚刚空出来的有独立卫浴的病房里。我不用再苦心孤诣磨炼自己模仿自由女神像的姿势，拎着点滴瓶在洗手间里排队。夜来亦无须急急忙忙跑去走廊另一头冲澡，祈祷千万不要被人占了位置，以免发药时找不到我的护士回头又要训诫。

与我共享病房的最后一人是个中年女子，也是唯一没有与我开口说过话的。她比农村大姐要大些，又比她的母亲要小些，香樟君因此一直困惑于该如何称呼她。但这一困惑而后被证明是多余的——她身上有种并不怎么耐烦的，并不情愿与我们这些小孩打招呼的气质，而那不情愿与病人们槁木死灰的症状表现又存在某些本质不同。

即使前两任病友与我们之间也并没有过什么真正深入的交流互动。但好歹我们彼此借送过卷纸，分享过笑容，投递过或许心照不宣的一点羡慕与另眼相待……在这样一个所在，有这些就很足够了。可与这个女人，我知道我们不会有。

我只见过她扬一扬手，对我父亲说她的本职工作是外面这一大帮医生护士的管理者。我听不懂，但也能想象，无非就是父亲与母亲最向往的公务员阶层里的某一种。又见到生面孔的医生们来探望她，言笑晏晏。及至所有人转身离去，逐一退出之际，她就十足灵活敏捷地从床上一跃而起，紧紧抓住那走在最后的护士长的手，将一个严封的红包往她的怀里塞去。她们俩都不约而同地压低了声音，以红包为发力点互相推搡，连我这样愚钝的旁观者看去也知道是一场十足认真的争斗。当然，最后又是以护士长的力所不能及而笑纳告终。

之所以说"又"，是因为同一般的场景在我住院伊始就见到过。农村大姐的母亲先是声情并茂地介绍了一番："我们那儿呀，都是湖，夏天里满湖的荷花，十里外也能闻见清香……"

说着就把精装的藕粉盒子往护士长怀里塞，一盒又一盒。叫她逃也不是，接也不是，最终只能在庄稼人的充沛热情与伟大力量面前败下阵来。

父亲低声问我，又像是对我下一个结论："我们不要送，你说是吧？"

我点头。

不送又如何？大不了死在这里罢了。我想好起来，也想死过去。总之不要再困在这生不如死里。对于死亡，我是一点也不介意的。

我的安眠药减量了，从一颗变为半颗。清晨醒得早，窗外淅淅沥沥下雨。就着朦胧晨光我看见女人抱膝坐在床上，除却轻微吸鼻子的声音，整个人宛如木雕泥塑。

我以为我看错了——她在哭。

八

独立卫浴的病房也没住多久。父亲有些沉不住气，对我说："我去问问医生，让我们出院吧。"

我又没有答话。

不想赞同，也不想反对。我的病必定没有好全——不过，纵使好全了，只怕我也依旧无法给出一个明确的回复。但我确然是在好转的：按时服药打针，能说会动，也不需要旁人再三引导才能吃下饭。我知道体内的黑洞尚在，但它的吸力已不至于那样大了，不至于入不敷出，彻底掏空我。我的脑子仍无法运转自如，但我可以读法语、写日记了。我的心仍是无望的。住在哪里，吃什么药，对我来说并不是很重要的。当初仅有的"想要好起来""想要死掉"的念想，渐渐也不那么鲜明了。它们与许多其他未曾想通而一度被彻底抹杀的疑问一样，飘忽着，若隐若现，以非常幽暗曲折的方式启示我：只能是这样。走一步看一步。你仍未获得谋求独立自我的资格。你的命运仍在别人手中。

父亲说完这话就出去，半小时后回来。他的神色很是欢喜，举起双手朝我比出胜利的手势说："医生同意了，我们可以走了。"

九

这是那一年的省人民医院精神科，后来的省精神卫生中心。出院时无须任何测试与审核，医生一个点头即可——又或者世道并无本质改变，多年后改换别的城市，面对别的疾病，拿到再多资料，经过再复杂的手续……是去是留也终不过是人心里的决定。

长期住院固然方便这一批病人的观察与管理，却提升了下一批病人无法入住而可能恶化的风险。医生因此需要权衡。

专业护理固然省心省力也更有利于全面治疗，却指向高额的医疗费用与封闭隔绝的处境。家属因此总有妥协。

至于病人，病人的想法倒往往是没那么重要的。没有钱了，所以我们只能放弃。你的病还没好，所以治疗要继续……主观意愿被诸多外界信息与他人欲求所裹挟，以至于个人是求生还是寻死，是保守还是激进，反而变得最没有发言权。

我们何时对自己的生命真正拥有过选择权呢？

这一点，在药水注入身体产生激烈副作用后，我就知道。在笨拙而竭力地试图敞开心扉却被一刀戳中后，我就知道。在看到满目风平浪静而下一刻即可能疯癫无状的病院众生后,我就知道。甚至,在我病入膏肓,身不由己,险些迈入死亡之境的前一刻,我就已经知道。

疾病从不遥远。正常只是相对而言。再怎样清晰明确的人生,都存在失控的可能性。而所谓的选择,非但有限,且未必能让我们得偿所愿。

十

我对入院时发生的一切都记得较为清楚。但不知是何缘故出院就很模糊。只记得如泣如诉的梅雨季节终于结束,阳光兜头倾泻,清亮透蓝天空叫我想起小学时的暑假。外公外婆都午睡去了,我睡不着,偷偷起来,借着椅子爬上外公的写字台。小心不踢到脚边的地球仪与毛笔架,抬头一看,万里晴空,堆雪与棉花糖一样软白蓬松的云朵……

那时候的我会知道吗?会知道成年后的我第一次远眺青空,竟是以这样的契机吗?

好些病人与家属前来祝福道别,满满站了一屋。为首的阿姨说:"小姑娘,你出了门,往外走,再不要回头看。一直往前走。"

她的女儿因为强迫症,在这里已住了两年。我听到过她与我爸私下感喟:"越是乖巧的孩子越容易生病。"又说,"说不定疯了的其实是我们呢。"转过头来,对我露出悲悯的笑脸。

坐上出租车,我就真的没有回头。

但我知道它一直都在。

告白

一

想一想。请给我时间,好叫我重新想一想。想一想那医生振聋发聩的提问——在一切化归虚无之前,那些快要压死我的痛苦、悲伤、绝望,究竟因何而起。

我想得并不十分明白,也一直犹疑。我不确定这些东西是否有被言说的意义。如果换一个人,同样的际遇,也许并不至于滋生出同样的感受。而纵使滋生出来,或许对他来说也不值一提。

"有什么好难过的?"他们大约会这样说。

无病呻吟、没事找事、自作多情……许多自认为看尽人间沧桑,深谙做人道理的,大约会以如上词汇来形容我们。(或许他们是对的。)类似的腔调在母亲口中也出现过——有什么事情值得哭成那样呢?有什么值得你拿刀去割自己呢?她不认为有理解的必要。理解又能如何呢?那仍然是丝毫不值得鼓励提倡的想法与行为。好好活着不好么?不好。

我们仿佛总认为痛苦是有等级的,有可比性的。就像 rpg 游戏里的升级打怪,三十级的小杂兵总是不如一百级的 boss 的。可当真如此吗？

不是没有人爱我，不是没有得到过爱。可那么多的爱，期盼，青睐……没有一样是指向幸福与快乐的，也无法在他人的爱中印证自我。我们都只是盲目地互相伤害，互相需索，希望以彼此的爱来成全自己。一切怨憎会由此而生，既舍不得放下，又要倍感失望——为什么，为什么你爱我却不能成全我？

放弃不就好了吗？融入不就好了吗？要么为了自我放弃爱，要么为了爱放弃自我。鱼与熊掌，舍一取一，不就一点事也没有了吗？

是这样，我也曾以为自己能做到的。倒不如说，在很长一段时间里，我一直如此深信不疑的。

看轻自我，无视自我，将自己的欲望与感受习惯性置后。认定自己没有追求的资格。若要活着，只能是为了别人而活。

却万万没想到"自我"一直存在着。且或许比许多人更为强烈，更为深重。表层的洋流来去流转，循着季风轨迹随波逐流。我以为自己就是那样罢了。殊不知，海水抽空，底下的沟壑竟比地表的更为深刻坚实。

二

时间是草丛深处贴着地面蜿蜒的蛇,你沿它的轨迹回溯过去,便能摸索到冰冷黏滑蛇皮下一寸一寸的骨骼……你会看见被送进病院的前一个夏天里,我曾与他们说,我受不了,我想休学。

我应该说了不止一次。起初他们只当是一时冲动的负气之语,别说年轻人,七老八十的人也会有的——当不得真,作不得数。我的声音不过是空气中一段无意义之波动,在发生的瞬间就注定随风而逝,与一片颤抖的树叶,一只飞鸟拍动的翅膀没有任何不同。又像是一粒灰尘,落在皮肤上,毫无分量,不用管它也会自行消除。可隔了多日,无意间再看,却发现那一点黑色还清晰存在——这才想到要伸手擦拭,动作却仍是漫不经心的。擦一下,没有用。再擦一下,还是没有用。原来不是灰尘,而是一粒黑痣:根植肌肤之中。

有的黑痣生来就是罪孽,它们是隐疾的刺探,悄无声息地发生癌变,不知不觉就掌控了生杀大权。可那终究也只是极少数的痣……我的父母看见了,也感到不祥了,却仍出于种种原因,不愿意承认那是严重的。他们尽可能不去注意它日益扩大的面积，逐渐凹凸诡异起来的轮廓，如从前的很多次那样，他们宁愿相信都是一时的风浪——忍耐，坚持，死磕到底，就一定都会过去的。

父亲也曾开解我：你要坚强，没有什么事是过不去的，想开一点，忍一忍就好了。多少年来一直如此惯用的，如长官摆出民主姿势慰问新兵的腔调……再熟悉不过。或许后来他自己也渐渐说腻，渐渐疲倦，甚至渐渐……不信服。电话里的我但凡露出一星半点蛛丝马迹，他就立刻有灵敏回应：

"你还有什么事吗？没什么事了吧？没事我挂了。再见！"

那么轻快的，诙谐的，响亮的，迅捷流畅的语调。仿佛平原上疾驰的火车，雷厉风行，一路顺遂，绝无必要也无可能为路边招手等车的旅人停留——倒是那招手的人荒谬。旅人回过神来，空荡荡铁轨上只残留汽笛的余音。我回过神来，汽笛声则变作短促忙音占据听筒，至于滚烫泪水，则不知何时流了一脸，胸前衣服化作半透明粘住皮肤，紧紧湿透。

到最后他不再给我电话，我的留言没有回复，若主动打电话回去，再未被接通过。

其实也知道他为什么要这样做。不光是人类，任何生物，在无计可施，无力回天之际，除了坐以待毙，也就只能闭上眼不去看。说是不愿意，其实仍是不能够……这两者之间的界限太过模糊。若是力所能及，若有万全之策，谁不愿大显神通呢？谁不愿广布恩德呢？小时候听故事，就明白这样的道理——满天神佛不是因为慈悲才得众人景仰，而是因为他们无双的法力，乃为一切凡人所不能。

他太想在我面前扮演一个全能的父亲了。除了我，他也有他的尊严、感情、行事方式，需要去维护。你不能说他不愿，他或许只是不能够。

而母亲……我与母亲没有什么可说的。

她只会朝我尖叫："你发什么失心疯？有病是不是？在这里装疯卖傻！"

又恨道："我看你是忘了当年外公家后面住的那神经病了罢？放着好好的大学不读，非要自己去惹是生非，鬼迷心窍，成了疯子样子！你要像他一样么？你也神经病么？"

可我后来真正得了病，她又不愿意承认了。"哪敢跟你外公外婆讲？就说是你心脏有问题。"她认为自己做了一件非常周全、机敏、妥帖的事，因而露出非常识大体的神态来，那眼角眉梢俱在暗示：快崇拜我。快感激我。

是我给她添了麻烦。我让她受尽了委屈。她是天下最可怜最命苦最不被理解的人……是，我的母亲，她一向是这样坚定不移地认为的。也正因此，我身上并不存在真正与她对等的话语权。我们之间纵使关系恶劣，真正发生的激烈碰撞也并不多。没记错的话，上一次还是高中时候，因文理科分班而起的争执——没有悬念，自然是以我的反抗失败而告终。那时候我不敢看她。而这一次，她却要我看着她的脸。"你看着我！"她尖叫，"抬起你的头来看看！你要我怎么说才听？你还没折磨够我，是不是？！"

那是我第一次真真正正直视她的脸——一张因怒火中烧而扭曲的脸。瞪得巨大欲裂的双眼里到处都是眼白，仿佛两扇因竭力扩张而狰狞惨白的镜子，深知深信我的弱点，更竭尽全力要把它们彻底映照出来，投射至铺天盖地，叫所有人都好来看一看真理是掌握在她这边的。一对眼球因此悬空，哪里都不挨边，也成了填满暴烈炸药的炮弹，鼓胀，突起，呼之欲出，随时要向我发射。她的唾沫横飞，脸上已衰老下垂的肌肉融化，撕扯，每一条纹理都刻印出深恶痛绝的走向。仿佛面对的不是一个人，而是一摊不能更深险浓稠的烂泥，散发恶臭，简直是根本不配存在于这个世上的。

怎么可以如此憎恨？怎么可以如此丑陋？如此的面目全非，叫我也忍不住怀疑自己是何等肮脏邪恶。这些年来她无数次痛骂我，冷嘲热讽，无所不用其极地羞辱我，我从未敢抬头看一眼她的脸……从来没有。我被认定是弱小的、罪过的、如蝼蚁一般的。她无论对我做什么都可以，而我除了低头顺从，绝无丝毫可与她直面的资格。

可这一刻，她逼着我直视她。她变形的脸只叫我想起一样我从未见过的东西：恶魔。后来每次想到她，最先浮现的就是这张脸。夜来为梦魇所困，整个城市沦陷于天雷地火，天色血红，大地漆黑。

不明暗流在地表缓慢浓稠流动，也许是熔岩，也许是泥沼，钢筋水泥的废墟骨架熊熊燃烧。我在空中疾跑，躲闪，背后成群追杀者有骷髅形状，身披黑袍，持巨幅厚重滚烫铁门急欲将我关押降服。稍一回头，就见重磅玄铁劈面压下，扑倒，掀起灼热气流。我看见他们也长着同一张类似恶魔的脸。

一夜夜的梦。一夜夜的梦。

我该习惯了，对这样的辱骂、鄙薄、憎恨，我早该习惯了的。多少年来，只要她心情不好，或看我不顺眼，就有一顿骂。当然她自己不认为那是骂人，只是与我讲道理——"这都是为你好，哪里是骂你？"——想必如今也是一样的。

可确实是啊，我想了这么多年，都觉得是。千奇百怪的脏话与形容词，怪胎、蛆虫、人渣、猪狗不如……配合她冷冰冰戳在我太阳穴上的手指，还有刀片一样的声音。她的声音倒是一直没变，从那时候就有种凄厉的穿透力，是像张爱玲说的，薄薄的刀片，却很迅猛地刮在人身上。

若这不算是骂，那什么样的才算呢？我是不懂的。

倒是真的从不打我——觉得这样有失体面。她是，至少曾经是书香世家的千金小姐，不值得为渣滓脏了自己的手。可我宁愿被她打——真的，若只是劈头给我几巴掌，相比之下我或许更感激。

那一年我十七岁，升大三，除了一场痛骂与接下来数日里泛泛的互相找茬争吵,我的父母没有给我更多。我没有钱,没有经得起他们轮番诘问的计划,也没有破釜沉舟背水一战的勇气。像所有不成熟的革命党人一样,喊过口号,没有群众基础,在仓促的自我高潮中速速投降,一场根本无须宣告的失败。胜利者们理所当然,或许又略带忐忑。他们维持着镇定森严的表情,目送我拿起行李,回到一切井然有序推进的实习队伍,踏入茫茫深山。

三

V 说，你不快乐。从我第一眼看到你起，你就总是郁郁寡欢的样子，有种不属于这个世界的气质。别人的心思，我总有自信猜得几分，可是你——我总是猜不到你在想什么。

太直接的赞美，太富诗意的对白，太需要被听见的好像很深刻的见解……或许也只有在年少轻狂时才有可能发生。理想模式的爱将周身物事悉数染上浪漫光晕，平凡世界也变作万花筒。奇幻瑰丽，每一个细节都注定要朝地老天荒的方向生长。

我会永远爱你。我知道你不爱听，可我要你相信。他一遍又一遍地重复着。

也有一些片段叫我信以为真过。一起去看樱花，三月天色似弥漫迷离水雾，繁花如雪，云蒸霞蔚，堆砌到春天最深处，堆砌到视野尽头。人潮熙攘里见一对老人互相搀扶着，缓步从花荫下走过，所有声响片段在他们周身尽如潮水退去了。我拽 V 的衣袖，悄声与他说，你看。他就顺着指向看去，也露出会心微笑。一阵暖风流过，洁净花瓣在我们之间，在天地间舞动。

从图书馆借来《星图手册》一起翻阅，对天文学家这一职业的向往到底我们俩谁都没能实现。从时下热播的动漫探讨到文艺复兴，围绕某个引申的宗教寓意可以断断续续聊一整天。坐在自行车后座，沿森林公园的下坡一路遛下来，阳光透过水杉林，风里浸染的满是青翠清气。一起去外校找同学玩，误入后山找不着路，问了人说是"那栋红色屋顶的就是第五教学楼"。我们跑下山一看，所有的房子都是红色屋顶……不是没有过这样的日子，不是没有欢笑。

可这样的欢笑有什么用呢？欢笑不能解决切实存在的问题。欢笑是枝头招摇的花朵，开开落落，此起彼伏，隔段时间就换过一批。可痛苦……痛苦扎根在泥土深处。

不能自拔之际，也想过挖出来给他看。可很奇怪的，若要将那盘根错节、疮巨衅深的根系截下一段，挖出地表，似乎就即刻失去分量，变作一些支离破碎而毫无杀伤力的废材槁木。

我的父母或许说得没错——并无真正伤筋动骨的原则性问题存在。都是些琐事，都是没事找事——不爱这门专业，不爱这间学校，与同学们难以相处愉快。被责骂，被疏远，被寄予并不属于我的厚望又落得声名狼藉。可我没有父母双亡，没有缺胳膊少腿，没有人对我使用肉体上的暴力，没有人掐断我的经济来源。我充分具备正常活下去的条件。

有什么好说的？说出来，自己都觉得自己碎嘴。我不想成为母亲，半生郁郁不得志，看什么都是与她过不去，永远怨气冲天。

仿佛只有一回我试图与他讨论过。仍是那个夏天，却摇摇欲坠行将入秋，到处的树木都已翠绿得不能更翠绿了，浓郁得不能更浓郁了，反而有隐隐的肃杀之意从背后透出来——盛极必衰，因为好得不能再好，只能一点点衰败下去了。我走得太远，从我的学校步行到他的学校，而这段距离公交车要坐十几站。实在再走不动。V 就深表疼惜，昏黄路灯下对我摇头："你早该跟我说。我可以去看你的。可以去接你的。"

我不要。我并不想囿于一个柔弱到只能被爱惜被守护的形象，更不想待在学校里。尤其是我自己的学校：原以为一套考卷一纸录取通知书能带我到远方去，脱离这叫我看来疮痍满目的原生家庭。却没想到等着我的，是另一种值得逃脱的生活。

什么都没能好起来，甚至变得更坏。

考分不够，学校、专业，统统被调剂。所有人都说你还小，你没发挥好，你运气太坏，不如去复读。母亲却坚决反对："复读有什么好？我复读了四年，还不是没考上。"又说，"再不济也是个一本，也是个985。学植物不也很好么？你从小就爱些花花草草的。"

这怪不得她。我自己也不愿停留，不愿走回头路，只想一直往前跑。

自入校第一天起，不，也许我本人尚未亮相，"15岁天才少女"的名号即已散入整个院系。老师、辅导员、学生会干部，挨个过来温情慰问，了解情况。明明那视察的目光，嘘寒问暖的口气已到了身侧，我却不知如何应对，既为所获的关注感到虚荣满足，又腻烦、反感，觉得自己像被观赏的稀奇动物。除非被点名道姓喊起来，不然就装作闷头看书。曹雪芹、狄更斯、张爱玲、苏轼、泰戈尔、达尔文、卡尔·萨根……满满摆一书架，有点像炫耀，又有点像圈地自给自足。有同班女生到楼下小店里租言情小说来看，破旧封面无一例外是电脑绘制的俊男美女，又到二手市场上买数年前的《瑞丽》，大幅明星海报贴满桌前床头。深夜围聚在电脑前追偶像剧，为病入膏肓的女主角痛哭失声。或熄灯卧谈，从减肥瘦身的诀窍讲到当红艺人的隐私八卦。我难以提起兴趣，昏昏沉沉睡去，下一次再想插嘴，她们就笑："你还小，快睡觉去，我们讲的你听不懂。"

后来之所以与鸿雁交好，也是因为只有与她在一起，才能谈起《红楼梦》。她说有不明白之处，我就一一与她细讲，讲赵姨娘缘何能嫁给贾政，袭人到底有没有告密，贾母对黛玉的偏爱……她听得津津有味，就总以崇拜的眼神看我。生活中也是，同样是不喜欢的东西，想坚持的东西，她总难以启齿，我却要身先士卒，坚持到底，也鼓励她多多说出来。她渐渐开始模仿我，读我读过的书，与我买同一个牌子的护肤品，穿衣风格也与我越来越像。我有点想劝阻她，却又不知从何说起。

直到后来她自己说："你看这部剧里的××和×××，走在一起就好像小姐与丫鬟呢。我……我很不喜欢这个样子。"

我点点头。我也不喜欢。可要怎么办呢？薛宝钗的藏愚守拙，那时候的我总学不来。是什么时候开始，是谁把谁越推越远，也很难说。作用力与反作用力总是相互的。就像与身边其他同学一样，很难说是那些善恶难辨的玩笑、若有似无的对比在前，还是我的自视清高，先入为主。

大约是想尽办法在逃避的那一个吧。一点也不坚强。一点也不成熟。拒绝融入现有圈子，对一切不认同不感兴趣的东西都要说"不"。只有在选修课上才觉得如鱼得水，俄语、法语、中国古典园林、英国文学鉴赏、文艺复兴艺术概论……仅有的可供选择的部分。流连于图书馆与园艺基地，看大量的书与花。《金枝》、《空谷幽兰》、《女性，艺术与权力》、《我的爱，我的自由》、life and death in Shanghai……读的时候如饥似渴，阅读完毕，仍被空虚寂寞吞没。

也有老师听说我有绘画或设计类的特长，就把我介绍给他们"社会上的朋友"，编辑网站，帮一些园艺杂志画插画，渐渐发展为小型的专栏撰稿。稿费拿得不多，但也是笔钱，比起发传单或站柜台总要轻松些。我就攒起来，再省吃俭用，等着拿去买衣服。无法忘记中学时失之交臂的那条花裙子……彼时网购与lolita文化尚是冷门，收快递还要带着个人证件去验明正身。我不呼朋引伴逛街，没有着装心得可供分享，凭空就多出一条条新裙子。女孩们过来围观，上下打量，口中啧啧有声："一定很贵。网上买会被骗吧。肯定会被骗的。"又说，"人就一个人，何必买这么多衣服。你穿得过来么？"

仍是我玻璃心，公主病，三言两语，就总听出恶意。且莫说本班，纵观整个学校，也都是以勤勉、朴素、踏实为尚。半军事化管理下，并无太多人放飞自我。期末班级内部写评语，我得到的是：爱憎分明，兴趣独特，富有个性，专注于自己的小天地。

一个团结上进的集体，一个力图把自己活得格格不入的个人。

有时候我也困惑。包括后来与他人探讨，也觉得困惑——到底是什么造就了本班那极力追求团结、勤奋、务实、上进的风格。也许因为专业背景，就是要求我们如农民般朴实，用读书人的矜持风雅换面朝黄土背朝天的躬耕劳作，自庄稼、肥料、昆虫与农药间积累出来的第一手知识。也许因为半数以上的同学家境都不见得富裕，有限的贫困生名额教会大家将心比心，省吃俭用。也许因为入学当年赶上重点学科申报，年轻的班主任与辅导员严阵以待，满怀希望要督促这个班级、这个专业、这个院系力争上游。也许因为我们中几乎所有人都是因为被调剂的志愿才得以坐到一起，都多少怀有同样的失落、渴望、不得志，才将之充分转化为前进动力，更加拼命用功，谋求主流认可。

我呢？我却是从头到尾的意兴阑珊、心不在焉，不愿意承认自己先前的失败：仍是不自知地，要向往我母亲口中那些虚无缥缈，不值一提，绝无可能实现的白日梦。

执拗，狂妄，不问人间疾苦，不知天高地厚。

第一年的期末考试，除了英语考第一，我的其他所有科目几乎都倒数，还挂了一科微积分，纵想转专业也没了资格。班主任是在读博士，女强人的类型，拿着成绩单将每个学生逐一拉去问话。她毫不避忌对我的失望——你是被偏爱的，被寄予厚望的，你是否知道自己有多令人失望？说好的过人之处，竟也不过都如此罢了。非但与普通学生们坐在同一间教室里，且居然还会不及格。

不光是她吧，很多人都这样想。只是碍于情分，多以更为含蓄微妙的态度表达。之于我身上最后一点期待与信服，至此也彻底结束。

其实都无所谓。真正难受的是不断有人来定义我，规劝我，试图说服我：

怎么可以不积极入党呢？全班就剩你和××从没写过入党申请书。

怎么会没有时间呢？不过是喊你帮忙画个海报而已，对你来说反正很轻松的。

怎么会是你的功劳呢？获奖话剧固然是你的剧本与主演，可参演其他角色的各位都在学生会里担任要职，做评委的老师学长才舍得给他们脸面。

怎么会对主业功课没有兴趣呢？兴趣都是可以培养的，不要太把自己的爱好和特长当回事了。

……

倒很希望他们是恶人，可偏偏又都不是。我割脉被送去抢救，至后来重病住院，他们也一样拎着礼物来看我。陪我聊天，帮我削水果，逗我笑。小玫瑰，小玫瑰，下次再来找你玩哦……连护士都说："你这一间病房总是最热闹的。"

——是以又恨不起来。

只是记得这句话。"别人都能做到，为什么只有你不行？"

母亲如此质问过。班主任亦如此质问过。甚至同学之间也若有似无地提起过。但这质问，显然是不需要回答的。

抨击我的激烈言辞那样多，唯独这句话成了魔咒，成了一根无法消化也无法排除的刺，时隔多年仍扎在体内，反复拷问我。我能感觉到它与母亲丧心病狂的表情语气无关，与班主任在众目睽睽下粗暴的打断以及冷淡而鄙视的眼神无关，与同学们避而远之又窃窃私语的孤立无关。更多是唤醒我原有的某种罪——我没有特别之处，亦不该与别人不同。我与之有关的一切，无论客观的成就还是主观的念想，皆不过是虚妄。我试图坚持的，试图反抗的，所认识与期待的，根本是一番彻头彻尾的错。

四

所以我才去问 V：是这样吗？只有我不行吗？你们都能做到吗？我不是去寻求安慰、发泄，我是真的有疑问。仍是母亲的唇枪舌剑，教会我在一切反对之前先要怀疑自身，要到多少年后，我才知道天下不存在所谓的完美受害人。

但现在想想，自问出口的那一刻，就已输给这个问题了。我做不到像 V 那样，仿佛永远意气风发、志在必得，立下目标就必要勇猛追求，直至得手。他绝不会问这种问题，他的信心非常多。"我不像你。你宁可相信别人，也不相信自己。"

他说得对，我从不敢相信自己。

是，信心之匮乏早已根深蒂固。被夸奖的时候，被表白的时候，总觉得都无法相信……什么样的都无法相信。比如危言，高中毕业那一天捧着一大盒巧克力在走廊上等，见了我就说："我喜欢你五年啦，你知道吗？"我被吓了一跳，但仍要保持镇定，板着脸对他说："我知道啊。"

他和 V 是全班最爱欺负我的那两个人：偷我的日记本去看，又在上面涂鸦；拆了我扎头发的皮筋，隔着乌泱乌泱的人群笑喊我披头散发像疯子；给我编派奇怪外号，写进时下流行的网游同人志，甚至是小黄文里；课间画完板报，老师来上课时说了一句："奇怪，白粉笔怎么这么少，都去哪儿了？"他们就指着我高呼："是呀，被她偷走啦！被她偷走啦！"

捉弄我，嘲讽我，揭我的短，戳我的痛——他们似乎乐于看到我的各种负面情绪，叫我私下里一遍又一遍提心吊胆地反省自己是否又做错了什么。怎么就这样树敌甚众呢？怎么就这样平白无故会讨人厌呢？不是没有人对我说这是表达好感的方式，可这完全超出我的理解范围——好感为什么非要通过折损伤害对方来体现？

我一直没能想通这个问题，还以为自己是遭遇了某种校园暴力。等上了大学，他们却一反鄙薄我的常态，开始在一切公开场合表达对我的爱慕之情。我后来住院，遇见那罹患躁狂症的阿姨，总觉得危言的状态与她甚是相像——永远在说，永远在动，夸夸其谈，绵绵无绝。人群中振臂高呼"我是天才"，声音比所有人都要响亮，表情比所有人都要夸张。有人以为他是开玩笑，他却很像是深信不疑。

"我是个天才啊！你怎可能拒绝一个天才的求爱？"他兴致勃勃地说，"我是配不上你，可谁配得上我？"

我收到他很多很多信，开头必称"我的女神"。每一封都那么厚，那么长，拿着好像就该叫人感动；密密麻麻的手写字，在今天应该是很不容易见到了。人都说手写的长信里总寄托情意——没有错，只是那样的情意，有时候看起来与收信人并非有关的。他与我倾诉他伟大的政治抱负，认为现行体制该如何改革；花大量笔墨论述自己喜欢的女子偶像组合不可能是台独分子；又或者是竞选网络论坛之版主而折戟沉沙的经历，因这种种不公平与不得志而激发出的，如屈原般"忳郁悒余侘傺兮"的心境……

"我知道你郁闷，可连我这个潦倒的天才都在自我调节，以记忆力为代表的各项指标都在恢复中……你也一定可以受到鼓励的吧？"

没有，并没有。即使我义正词严地一遍遍与他重复：我对你没有兴趣。对你的生活也没有。可他总认定我是如《红楼梦》里说的那般："痰迷了心，脂油蒙了窍。"总有一天会折服于他的闪光人格。得知我接受了V的表白，他就连夜打来电话质问，一条接一条地发短信："你怎么可以这样欺骗自己？有意思吗？你会后悔的！"

我关掉手机，把他拖黑。他就打寝室电话。三更半夜，一屋子的人都对我有意见。他在那一头冷笑着问："我要是自杀了，你会来看我么？你会么？会么？"

我不知道要怎么办，觉得害怕，也觉得不可理喻。缺眠叫我头痛欲裂，索性把寝室电话线也拔掉，第二天一早再接上去。那段时间我看电话就像是看一个不定时炸弹。

有愧疚吗？也是有的——我不想看他真的去死。不想听到还有别的人因我而歇斯底里地咆哮。母亲已经够我受的了……我不明白为什么爱到了我身上，都会演变成这个样子，是哪里出了差错？

那么我一定是在利用 V，于穷兵黩武的追杀面前慌不择路，只想尽快脱身，找一个安全区域。尽管 V 的表白也让我不敢当真，生怕是一个由中学时代延续下来的大过天的玩笑——他们装出认真正经的样子来，好叫我相信一场处心积虑的骗局。待我当真了，深信不疑了，又"哗"地一下散开，围观我走向他们设计好的窘境。类似的经历实在太多……

可他身上的信心那么多，是比所有人都更耀眼的自信……即使怀疑，有也总好过没有。我实在太渴望身边有那样一个声音——无论与我是什么关系，也未必要多么高深多么睿智，只是有足够的信心——对我，对自己，对这广阔天地里好的不好的一切……有一种真实的信心，触手可及的，叫我知道：会好的。但即使不好，也没有关系。

别的什么都不需要。所谓的宠爱，扶持，庇荫，都可以不需要。只要能被那样的信心感染着，我就都可以自己搞定。

我以为 V 可以。不，倒不如说，我试图说服自己：他可以。我蒙上一只眼睛，只去看他符合我期待的那些表现，然后默念：够了，只能是这样了，你不可能遇见更好的。

当然也迷恋被爱，被人珍惜、呵护、仰慕的感觉……至少能证明自己的生命是有价值的、有意义的。固然讨厌他信誓旦旦的承诺，愧对他掷费在我身上过量的时间、精力、金钱，却更舍不下被爱的感觉。像小时候吃糖，明明知道这味觉上的享受亦可以别的食物替代，知道人体不需要糖分亦可活得很好。可就是欲罢不能，宁可付出健康作为代价。甜美的一抹点在舌尖上，让生活中一切辛酸苦涩都变得较为好接受。

我不爱他。扪心自问，我或许从未爱过他。从未有过荷尔蒙与肾上腺素被点燃，看到这个人就觉得欢喜不能自持的情绪存在……只是觉得自己的人生没有目标，并不具备价值。与其如此，不如尽量去满足爱我的那些人——对于父母的欲求，也是同样。被人爱是一种荣幸。我想要配得上这荣幸。

主动的要求我不该有。对物质，对梦想，对爱……都是对我来说过于奢侈的东西。不是不相信，只是觉得自己不配，亦不可能真正拥有。

唯独没有怀疑过他的真心。他高考时的志愿是照着我的填的。他的父亲侧过身来问我的父亲，你家孩子准备考哪里？父亲于是报给他一个学校的名字。

可我后来没有那样填。我想去北方，遥远的北方，离我的家要远远的。一纸决定命运的表格交上去，V就在前座的空位上坐下，盯住我看。我问："你填了哪里？"

他把视线收走,淡淡地说:"和你一样。"

我以为自己听错了,因为我知道他一直想去上海。我说:"你说什么?"

他说:"和你一样。"

他考上了。我没有。录取我的是二批志愿的另一所农业类大学,却还是与他在同一个城市。命运就是这么神奇。有时候我也想,也听他说过,他选择这个城市这所学校时所考量过的种种利弊。我不至于天真到认为这样重大的一则人生决定完全是因为我,但又不得不承认,"我"是一个重要的原因。后来我尝试告诉他事实并不像他想的那样,我们从头到尾就没有进入同一所大学的可能……他惊骇、摇头、沉默,最终露出索然笑容,叫我不要再说下去。

大一寒假他买好了火车票要一起回家,他说一早要来学校接我,我没有反对。可要从他们学校赶到我们学校,再从我们学校一起奔赴火车站,穿越春运人潮挤上早早开走的火车……需要的时间实在太多。他说,不如我去你们那边住一晚上。

我仍然没有反对。但我告诉他,男生宿舍并没有空余的床位。宿舍顶楼是自习室,我就叫他去那里过夜。

直到今天我也不明白他为什么会听从我的提议。明明有更多更合理的选择——校门口不是没有廉价日租房,不是花不起那个钱。就算找个网吧通宵,也好过在北风乱窜的自习室蹲一夜。除了陪他去教育超市买两袋面包,我什么都没有为他做。一路上雨雪纷杂,漫空飞卷婆娑,南方城市的湿冷浸透骨髓。我冷冷看他搬了行李上楼，感觉像好不容易摆脱一个累赘，一句再见也懒得说。

他后来想起，会觉得这是值得的吗？再一次遇见心上人之际，还会义无反顾为她做这样的傻事吗？我知道这问题虚荣又愚蠢，却还是忍不住去想——尽管也不是很想知道答案。答案若否，会叫我愧疚。若是，会叫我觉得，我对他来说也不过如此罢了。一点卑微的小心思，如老屋脏旧墙角下一只拧不紧的水龙头，自顾自滴着水，有一搭没一搭的……于任何人都不相干。只得安慰自己说，每一个被爱时不太珍惜，失去后又不太甘心的人，大约都免不了会这般计较的。

不是没有付出过，不是付出的不够多。他力所能及的一切……我才是亏欠他的那一个。老实说，要推开他，既是嫌弃，又是不忍，觉得他与我在一起只会被拖入深渊沼泽。想寻回他，既是悔恨惭愧，亦是依赖，即使不是真正的太阳，也想被类似的光多少照耀在身上。

曾试图以他对我的爱，填补自身的黑洞，一针一线地缝补。这是不光彩却必须要面对的现实……所谓的不成熟，不了解，所有的客观限制甚至包括心境——看似成立，本质上也不过是借口。我的做法与任何一个贪心自私者皆无异：借着爱的名由招摇过市，一味索取、依赖、利用，却总不愿付出。

多像我的母亲啊。命运原来可笑，自我有见识起，就力图摆脱母亲的桎梏。却在很多时候，某种意义上，重蹈覆辙，做着与她一样糟糕的事。爱的吸血鬼。

五.

那一天 V 对我说,不是这样。他斩钉截铁地给出我答案,列举身边所听闻的种种案例,又报出一大串中学同学的名字。他说他问过他们许多人,也被他们当中许多人问过,得出的结论都相同。"格格不入"仿佛成为某种早前就寄生在我们体内的病毒,互相传染,潜伏期漫长;直至被扔入人海,方才显山露水,催化发作,一个个都成了典型患者。

"你不是一个人,"他斩钉截铁地说,"你不相信自己,至少也要相信我。"

我没吭声。抬头看他,他的视线始终望向远方。街道上灯火通明,建筑灯光与车灯光华流转,他的表情非常笃定,不时露出一丝仿佛看破红尘的轻笑。"你听过那句电影台词吗?Life is like a box of chocolates, you never konw what you're going to get..."

很多的引经据典,很长的一段演说,像他中学时站在辩论席上那样。

我没来得及说任何细节，没来得及提及休学的闹剧。剪不断理还乱的烦忧只起了个头，甚至连最初的提问也优柔模糊。如一条被半钩住的鱼，想倾吐，口中却只泛起苍白空洞的泡沫。我一路积攒的勇气或许只用了短短的一两百米，就被他接过，以他的方式大展拳脚，奔逸往远处去。

我们之间的交谈仿佛一贯是如此状态：他总是更积极，更笃定，更富表达欲的那一个。我不想也不擅长争夺话语权，因此往往就变成他说，我听着。

也仿佛总有很多体验可以分享：从家族聚会到打高尔夫。又有很多大道理可以说：生活是怎样的，爱情是怎样的，人性里的欲望与弱点都是怎样的。还有很多东西想要评判：你的才华好，你的模样好，你说脏话不好，你这把自己封闭起来不与人交流的脾气不好……（即使用疼惜的口气，那泾渭分明的评判依然存在着。）以及很多的愿望：想要和你一起去拜访昔日恩师；想要预约你参加毕业舞会；想要出国留学，而你等我归来；想要有一个四面落地玻璃的屋子，坐在房间里就能看到外面的花园；你在厨房做饭，或把洗好的衣服拿出去晾……

他说过做饭洗衣太多次。我很生气，叫他住口。

但都不重要了。发言权一旦失去，我就夺不回来。他说着说着，到最后不知怎么就变为俯下身来，拥抱亲吻我。也许因为当晚的星空与柳风太恰到好处，叫每一个心怀爱意的人都触景生情，不能自持。他的嘴唇炽热，口水与汗液黏黏地在我的脸上……但我感到恐慌，然后又渐渐转为愤怒——姗姗来迟的愤怒。拥抱与亲吻并不能治愈我，至少在那一刻。我只能感觉到他的欲望。没有安慰，也没有帮助。

我是来呼救的。可我的声音太小，气息太微弱。他更有他的欲望要满足，从表达欲到占有欲。足够他忽略我。

然而也没资格说他。我也从未想过要去探索，了解，深入他的生活。大部分时候他说他的，我说我的。逢双方都感兴趣的话题，两个人就都滔滔不绝。若否，那另一方就只是看着。偶尔拣细节好奇或调侃，真正想要倾听的心思却是一点也没有的。

还是太年轻了。我本该知道这一点。即使他显出很成熟很自信的样子，他也是和我，和鸿雁，和危言一样的年轻人。我们眼中都只有自己，没有太多值得举例说明的人生，自身尚有无限值得探索之处，谈何心思去认识别人。

大约就是那时候起，觉得无法与他再继续下去。以类似恋人的名义，我们至多再见过两三次。而我的病情已渐渐显山露水，严重起来了。整夜失眠，体重骤降，不明原因的低烧与身体疼痛，对昔日热衷的一切事物——写作、绘画，阅读、看花、新衣……都失去兴趣，不说不笑也不动。最后一次相见，悬铃木茫茫的落叶已颠倒这座城市。我发烧，坐在他面前长久不说话，心中车轮转，却一滴泪也流不出。

没有什么可说。能探讨的话题不是不多。文学、艺术、天文、自然、各种影视作品……甚至也包括某些思维与习惯的重合。比如，站在高处眺望会很想纵身一跃；看到飞速旋转的电扇，也会想伸手插入刀锋般的扇叶间；路遇川流不息的车辆，会想冲撞上去……一种被死亡与毁灭所诱惑的，让我们蠢蠢欲动的危险。最后一次告别时，我过马路，盲目地往迅猛车流间走，内心期盼有一辆走霉运的车能撞上我。V在身后，一把将我拉住，他看着我，我看着他，他的表情是难以置信的惊愕。

大约这一刻终于看出我是认真的。

他没说什么。但晚些时候发来信息："不要这样。没有什么事是过不去的。想想这个世界，想想你的父母。我的玫瑰骄傲美丽，不会是这个样子的。"

可是……可是我如果就是这个样子呢？有人能告诉我要怎么做吗？有人还愿意接受我，爱我吗？

为什么都想给我的世界下定义，把我认作自己的所有物呢？为什么都要我仰赖我的父母，好像比我了解他们更多呢？又为什么要我为了他人的愿望与设想活下去呢？爱慕我，花大力气取悦我，想方设法接近我，为什么说的话却没有任何不同呢？

我删了那条对话，把他丢进黑名单里，一眼都不想多看。视线多停留一秒，都有抑制不住的恶心冲上脑门——但也已经晚了。他说过的话已成了魔咒，连续几天在我脑中盘旋。你不会是这样。不会是这样。想想你的父母。父母……是不是除了切开自己，把我的心肝肠肺剖给他们看，除了去死……已没有别的办法可叫他们理解我的痛苦了？（事实上即使我真的去死，他们到头来也还是不理解的。）

我不确定 V 是否知道自己被拖黑了。我们生活的时代太方便，要找一个人，总有办法能联系上。他再开口，说的仍是若无其事的话，有新电影上映，要不要一起去看……我就对他说，你走。我不想再和你有关系。这样的话从前也对他说过。每一次他都沉默着接受，隔不多久又低着头回来。这一次没有。于是这就成了最后一次。

他总什么都不问，走也要走得潇洒。回来也是。情深意重，从天而降，既往不咎。

有时候想想，他与香樟君真是两个不能更极端的极端。我出院后没多久，香樟君的妈妈知道我有抑郁症，也不喜欢我们在一起，单独找到我，说许多不那么好听的话。我的罪恶感又被点亮，就与香樟君说分手。他锲而不舍地一直打电话来，我不接，就打给我父母。哭得山摇地动，声音都变调："你告诉我为什么？！你一定要告诉我为什么？！就算是死也要让我知道是怎么死的！"——泥沙俱下，死缠烂打。那模样可是一点优雅体面都没有的。

V 不会。V 一定要优雅体面。我也激怒他许多次，他从不与我争斗。我因此从未见过他生气失控之情状。平日里若遇见难以回答的问题，难以跳过的尴尬处境，他也一律若无其事，从不予正面回应。暑假里打电话给我，聊很久不愿挂，直到他母亲出现，催促："怎么又在打电话？给女生么？"他的话就明显变少，含糊说想起手头有别的事，今天就到这里。我每每生病，头疼脑热，他都要赶来陪伴，少有的几次怕是抽不开身，或有所厌烦，就从不愿告知我理由，均坚持说是我的留言他没看见。

也难怪父亲会敏锐察觉到 V 的存在。也不喜欢 V——他们俩本质上有许多相似之处。放不下的英雄梦与光辉形象，总只想把最好的一面给我看。剩下所有不能够的、不如意的、超出自身能力范围的，都遮盖起来。这是他们爱我的方式。可偏偏我又额外刁钻敏感，不仅看见，还要耿耿不忘于这些细节。

他们或许也知道坦诚相对的好，也想成为那样的人。正如父亲总一次次对我说：我们要开诚布公，我们要无话不说。可到底做不到。只能先假装着，以较为捉襟见肘的方式。而我已没有时间。

那段时间父亲给我打过一次电话。他照例问我是否过得好，我心中刀光剑影交战，终究忍不住对他说，不好。我还是受不了。听闻此言，他突然就在电话那头咆哮起来，说我是个太让他失望的小孩，任性，自私，不懂事，如果他和母亲也像我一般，日子就不用过了。最后粗暴地摔断了我的电话。他很多年没对我发过那么大的火。

之后我们再无联系。寒假回家，见他与母亲日日争吵，与过去数年来一样，程度却更为激烈。他索性不在家里住，十天半月不见人影，大年夜也不回来。母亲愤恨，又怒目圆瞪，对来访亲友高呼："他死了！"我极力忍耐，还是忍耐不住，崩溃痛哭。

母亲遂骂我不争气："你小时候，我跟你爸吵架，你倒还知道跪下来求我。现在呢？怎么不跪了？事不关己高高挂起是吧？我养了你这么个白眼狼！忘恩负义，狼心狗肺，天下再没有你这样冷血自私到极点的混账东西！"

她说的是小学三年级。我到他们家寄宿数日，赶上她与父亲又吵架。某天放学后与同学玩耍，脱下的校服被我遗落，弄丢，虽然害怕，但也还是如实告诉她。她于是在楼道里痛骂我。父亲坐在家里，为她的叫骂所不忍，于是出来呵斥她几句。她却愈发狂暴起来，朝父亲咆哮回去……

天地间所有的声音都湮灭了。只剩下他们的声音。金戈铁马，短兵相接，叫我觉得失去了人形，如两匹杀红了眼的必要争出你死我活的野兽。那毫不留情的姿态，恨不得将对方撕裂……窗口映入夕阳，从最初的金光四溢，灰尘在光柱里翻滚，转为沉静不可言说，一层柔红披落在抽泣的我身上。

那促成了我人生中仅有的一次下跪。我哭着喊她，妈妈。

后来每每想起这件事都后悔。也不敢细想，心头有神经跳动，酸楚抽痛不可逼视。直到我重病住院，每一次父亲与她争吵，怒而摔门离去，刀片般锋利刻薄的声音都会再一次落在我身上。像那天如血的残阳，久久不曾消退。

我想过要联系父亲，劝他回家。但到底没有勇气。母亲渐渐连叫骂也没了气力，吃着饭，看着电视，往往又哀哀地哭起来："妈妈只有你，妈妈这么爱你，你不能不听话……"

她说的"爱"是爱吗。为什么那一刻的我，会觉得与她隔了千山万水，而那一个"爱"字仍如烙铁般在我的心上惊跳呢？

我打开手机。通讯录从前翻到后，又从后翻到前，不知道可以和谁联系。大过年的……打开电脑。看到V仍在校友群里活跃，他们聊天，点评晚会女主持的美貌，各种插科打诨，一片欢乐祥和的气息。我于是退了群，把电脑关上了。

直到冬天快过去，我割脉。老师们慌不迭跑去告知家长。母亲自然不会出现，还是父亲来看我。我出院，坐在他住的小旅馆里，见他愁云惨淡，却仍言辞闪烁，不敢深究我下刀的原因。我说我只是一时难过，想要发泄，并不真正是寻死。他也就相信。"你要是有个三长两短，我和你妈妈怎么办？"如是带着哭腔问我。

是的。我被发现鲜血急涌，半昏迷半清醒之际，周身的人们也是这样说我："也太自私，都不想想你的父母……"

倒不是不能理解中年丧子的巨大苦痛。可我没有更好的办法了。

我曾以为自己是有价值的。值得被爱的。到头来却发现好像没有。我不愿意相信这个结论，却又找不出一点反证来推翻它。生活没有值得留恋之处，所谓的爱也并未给我带来正面作用。爱不愿放我些许自由，亦不愿给我真相。孤立、非议、束缚、批判……倒是随处可见。

人人都说我没有希望。我也活该没有希望。都是自作孽，活着只会给别人带来麻烦，倒不如去死的好。

为什么所有人都默认，放弃生命一定是错误的呢？为什么被爱的人就没有自决生死的权利，就应该为了投入爱的那一方活下去呢？

我不懂。

六

爱啊。爱啊。都是因为爱。由爱生痛楚，由爱生怯懦，由爱生怖惧……这一切本无须自寻烦恼，如果没有爱。我曾以为只要爱是真的，就没有什么不能原谅。可如果除了爱之外，我们还有别的想要的东西呢？如果每个人的爱就是不一样，就是格格不入，无法达成一致理解的呢？

会痛苦的吧。可对大多数人来说，也会觉得"事不至此"吧。就像我痛不欲生之际，鸿雁对我说的那样："有什么比死更严重？"一切失意、误解、分离、差错……都还罪不至死，都还有挽回的余地，都还有改进和洗白的时间。能得到爱，本就是上天的恩赐，不该要求更多。每一个活下来的人潜意识里都会认同的——如果那么轻易就不原谅自己的话，那么轻易就放弃的话，凡人的生命或许早就要走向死路而自取灭亡了。妥协一样需要勇气，等待与容忍一样是考验，活下去才有机会寻觅更多可能……我是明白的。我不是不明白这些。

可如果我就是不能接受那些爱呢？别人给的，偏偏不是我想要的，我是否有权利拒绝呢？别人能够坦然接受并消化的东西，在我这里就是不能甘愿呢？

我就一定是错的吗？

不是没有尝试着按你们说的方式来救助自己。放松一点，宽容一点，尽量尝试更多可能……可那样实在是太矛盾了。多么矛盾啊。全身像被不同的力量撕扯着。又像是在深浓迷雾中摸索，找不到出口。有时相信，有时不信。有时爱，有时不爱。有时不能更坚持，有时不能更怀疑。对自己所遭遇的一切感到难以承受，却又觉得都是自己的错。如果我是一个更好的人，如果我能做得更好，就不会这么糟糕……

又想起父亲的话，要坚强。一定是我还不够坚强。想起书中看到的诸多苦难——残疾、饥荒、战乱……每一样生灵涂炭的大灾难，我都没有经历过。天下疾苦深重于我者数不胜数，我有什么资格叫苦，有什么资格呼救？我没有比别人更好，也没有比别人更糟。我是不是更没有资格生病？别人都可以，为什么只有你不行？

因此要忍耐。忍耐。竭尽你所有，尽可能地忍耐下去。不要逃避，不要求助。痛苦与辛酸在活着时都会历尽，死亡不过是最终的解脱罢了。

有怨恨吗？也是有的。没有人对我说：我理解。没关系。相信你。你可以。……没有，一个也没有。但恨恨地弥望一圈，最终发现并无人可怪罪的。每个人都自身难保。每个人都不能够。这超出他们的能力范围。

而我在父母身上，在 V 身上，在班主任与同学们身上，所投射的期望，与他们投射于我的，又有何区别呢？ 希望得到他们的支持，信任，平等对待……如果不曾对他们怀有期望，怎么会在被拒绝而落空之后，会叫我受不了呢？ 还有危言……一定也是没有别的办法了，按捺到不能再按捺了，才会忍不住有那样激烈的表达吧。他扬言自杀，固然被现实证明只是说说而已，可如果他真的去死呢？ 我又做了什么呢？ 真的一点悔意也没有吗？

我没能做得比他们更好。

在疾病面前我是一个受害者。可是我无辜吗？ 我一点也不无辜。

让他们投注爱与希望，却又叫他们失望的我。为了一些自己都不知道是什么的东西，一意孤行，给别人制造困扰的我。放不下自己又放不下他人的我。我是自己悲剧的源头。他们说的并不错，如果换做别人，别人或许都不会像我这样做。

深渊就在面前。我不是自己跳下去的。是恰到好处的一个斜坡，我想来想去，找不到刹住脚的理由，于是索性由它就这样滚落下去了。

七

生病住院的事一开始只有很少的几个人知道。与我冷战数月的鸿雁终于软化，低垂，与所有贴心的闺中密友一样，与我们初相识时那样，柔情蜜意地陪伴我。她不再挑剔香樟君，也不再于交谈的间隙里忽然露出落寞神情来，寂寂地自嘲道："我就是不如你呀。"或许因为躺在病床上的我已足够弱势，任何人在我面前都足够生出怜悯，以及对自己生命的珍惜与满足……

这大约也是最后的交集。出院后，我们又变回莫名的疏远，存在的心结毕竟一直存在——凡学会独立思考的人，谁会甘心于做别人的陪衬呢？

危言则是后来知道的。那时候我们早就断了联系，但有共同的朋友，给我看他写在个人空间里的文章：啊，我心爱的女孩卧病在床，我却连一个端茶送水的机会都没有。她的不选择，击碎了我对美好女性的全部想象……她们的大脑到底都不够清醒。她们到底都不懂得什么是最好的选择。

V 也是。我想他大约是很久以后才知道割脉与重病的这一段。辗转通过别的途径联系上我，开头只一句话："还是那么傻。"语气至为沉痛。

他与我讲他的好朋友跳楼自杀。因为失恋。他对他的点评和对我是一样的：怎么可以那么傻……

又说："给你的承诺我从未忘记过。"

没关系，总有一天会忘记的。总有一天也会觉得自己很傻。说过的永远，说过的独一无二……都会忘记的。那些高强度的宠爱，赞美，百依百顺……在我后续的消磨中，在我们分道扬镳之前，早就淡了。如再怎样坚如磐石的宫宇，终抵不过风刀霜剑侵蚀。

母亲没有来看过我。住院的日子里，父亲也曾委婉提起："……你妈妈本来也想来的。她觉得你同学老师都看着呢，她不来，人家会说她不好。"

我说："那她不用来了。"

她就果真没来。

后来也再没说过她爱我。

仿佛有个从事心理行业的老师对我说过：固然不排除天性的注定，具体事件的冲击。但几乎所有为痛苦压弯了身体，滋生出疾病乃至死亡的个体，都必然会指向人际环境的催化，乃至生命中某种东西的缺失——亲密关系。亲密关系里的另一方,如果不能成为助益者,就只能是加害者。没有中间状态。

我不确定他的话是否对所有人都适用。只是在每一次看到类似新闻的时候,看到那些对病人、对死者的评价,不容置喙的,或模棱两可但含蓄给出了预设态度的,都会想起我自己一点一点挣扎着趋近于垂死的往事,那强烈的异物感……没有支撑,没有归属。八面临风,孤立无援。我也不是一开始就想要这样的。可为什么呢,何以发展至此呢?

我所处的环境,所拥有的亲密关系,于我是怎样的作用力呢?

不是不知道答案。可总不愿开口坦诚这样的答案。不知者无罪,话是这样说的——他们施加在我身上的"力",他们自己很可能并不知道的。世上总有许多悲剧,无法追责,无法归咎,无法去问责更多。既然如此,是否就不该对他们说,"是你们的错"呢?

我能肯定的只有这段记忆本身。佯装正常的人生撕下最后一层画皮之前,之于我最后的情状——那么多的矛盾与不确定中,"爱"仿佛是唯一一个斩钉截铁的真相。对于那个一脚踏入白茫茫病院的我而言,它们都近在咫尺。医生质问我的时候,镰刀行将割破皮肤的时候,这才是我真正该回答的。

可一切都晚了。并且晚了那么多——你看,是要隔了这么多年,我才真正获得勇气将它们说出口。十八岁的我没有回头看的气力。如果有的话,如果有的话……我或许就没有必要去住院,不至于在泥淖里挣扎着下沉,沦陷,视线彻底为黑暗所吞没。回忆牵一发而动全身，再挖掘下去，泥潭还远未到尽头。草蛇灰线或许在更早的时候就已埋好，而我需要回溯清理的部分，还有很多很多。

夙
愿

一

这一切应该早有预兆。是的，我该知道的，这一切是早有预兆的。

如果这是我生命中的一道分水岭，它绝非拔地而起。山脉扑入眼帘之前，早该感受到稀薄的空气与呼啸的山风。可是可惜那时的我并不知道，风与寒的出现意味着什么。我只是低头一径往前走。以为只要往前走，就没有到不了的地方。没有经验，亦未看见任何警告、路牌，谆谆提醒我：这条路不对。你要小心了。

尽管没有任何权威的诊断或证据。但我总有种感觉，觉得最初的凛风出现在十二岁那年。记得很清楚的是，那一年开始偏头痛。会忍不住想拿刀割自己的手。还有噩梦，夜夜接踵而至……美好梦境彻底从我生命中退席，再未出现过。

梦境重复，仿佛永远是我在跑。不知道是要去哪里，也不知道是想逃离什么。总之只是竭尽全力在跑。无形丝线缠绕束缚全身，举步维艰，想挣脱却总是做不到。无论怎么跑也只能在原地挣扎。

徒劳无功。到最后甚至呼吸也困难。一地花瓣血红，被践踏稀烂，凄艳如血肉模糊。惊心怵目……惊心怵目。

这个梦持续多年。一直到入大学，到住院出院，都还在做。后来渐渐衍生出多种形态，但归根结底都是在跑。变成肉眼不可见的幽灵在小学门口的下坡路上跑。长出翅膀在天空中跑。跌跌撞撞在血流成河的战场上跑。为黑衣墨镜的保安围攻，从金碧辉煌的音乐厅台阶往下跑。在夕阳照耀的田野上沿着铁轨跑。森林深处躲着猎人的眼线跑……

常常被追捕、射杀、啃食。醒来后感觉不到睡眠所补充的体力精力，倒像是刚刚经历一场恶战，自狼狈恐惧中抽身。有些体感至为真实：被人掐住脖子灌下毒药，药水苦涩辛辣，口鼻中涌出大量血沫；被强弩手追杀，万箭穿心，刺穿的疼痛如花朵在体内迸发绽放；被劈头浇下一壶沸腾开水，皮肉被烫得吱吱作响，龟裂、翻卷，好似烧烤摊上将火腿肠烤出微焦的小章鱼形状；救我的陌生人近在咫尺，被大卸八块，黏稠腥热的血浆喷溅到我脸上……

太多了。夜夜夜夜，都是梦。

当然了，十二岁上下还没有这么多花样。只有一地花瓣，一身无形丝线，没头没尾的跑。像是反复向我暗示强调什么。我不明就里，无人可倾诉，只好拿去讲给做梦经验丰富的阿晚听。她觉得可怖，但也说不出所以然，只得摇头："你怎么净做这样的梦！"

是了，阿晚虽也做梦，但与我的大为不同。她的梦总奇思妙想，天马行空，且与现实紧密联系。写出来，可直接作为魔幻或科幻小说拿去投稿。我们都印象深刻的是，有一回她梦见班里数名同学组成间谍小队，有我，有V，也有她自己。接到的任务是去外星人基地窃取情报。本已得手，我却偏偏于撤退时发现一群被俘的奴隶，于是圣母心发作要去救。这一救，就是天下大乱，短兵相接，杀了一番天昏地暗……V不幸殒命，而我们总算能得以赶上救援飞船逃走。

她特地拿了一本新本子，扬言要把这故事写下来，命名为《间谍一号》。我等虽是主角原型，但更倾向于把自己定位为围观群众，看热闹不嫌事大，个个拍手等她更新。然而几个月过去，至我最后一次瞥见那本子，仍是只有个题目，开头一小行字，此后再无然后。那时候尚无"挖坑""填坑"这样的说法，我只笑她始乱终弃，她也并不放在心上。笑嘻嘻的，转头又写别的故事。

我总觉得阿晚写得比我勤，题材也比我多。她写武侠，写玄幻，老拿我做女主角不说，还想着发展我一起写——比如，一个类似《冰与火之歌》的平行世界，开篇之前足够先写出数套天文地理的设定说明书。我又摇身一变成为皇族的二公主，血统不纯却文韬武略、野心勃勃，在魔法与宫斗中步步走向血染的皇座。

这一部被定名为《毁灭》，本来说好与我合写。然而从初中毕业拖到高中毕业，约定中的写作计划仍迟迟未得启动。多年后重提旧事，她耻笑我："你写得太慢。我写一章，你写一段，等得人要白了头。"

（她或许不会知道，我的拖延与怠惰是出于另一些缘由。）

阿晚最终没有走上写作这条路，我以为是很可惜的。我们之间的情意或许亦是可惜的。大学后的我苦陷于抑郁不能自拔，断了与所有人的联系，与她也终究疏远失散。后几年重逢，她俨然已是互联网女强人，各轮融资拿到手软，带着一群小弟冲锋陷阵，挥斥方遒，气派远胜当年。言笑晏晏间很想问她，那些故事后来还有没有再写下去，但终究问不出口。

时光荏苒，年少旧事多提亦是感伤。何况我丢下她的诸多期待跑路多年，这个女主角兼合伙人，并不算很尽责。

我记得那时候班里能写一手好文章的人并不少——如危言那样，很早就开始写游戏同人志，大约是用《三国演义》那样的章回体形式；我虽然讨厌他，也讨厌他把我写在里面，但偶有那么一两遭传到我手中，翻开来看了，也不得不承认那起承转合都是很好的。也有男生眉清目秀，罕言寡语，下笔却奇诡郁丽颇有苏童之风。或是非常前卫的女孩，写同性少女之间的刻骨爱恋，我总觉得是基于她本人经历而来的一番自述。（她后来果然在拉拉圈子里如鱼得水，十年换了十个女朋友。再见面，是秦淮河的灯声桨影里，听我说了图书出版的流程漫长，就感叹："这么说来时间不多啦，我还想着三十岁前能写个自传出版呢。"）

想要写东西，想要创作……是因为内心到底有些什么想要表达的东西吧。少年人心意峥嵘，表达欲总多一些，说穿了或许只是赋新词强说愁，并不特别值得珍惜的。正如我的身边，妙笔生花者那么多，可念念不忘于斯的只有我一个。欲罢不能的也只有我一个。

母亲说得或许没错，我早就疯魔了。正常人该好好耕耘自己内心的一亩三分地，何时播种，何时灌溉，何时收获，均遵守普遍适用的规则。一切有条不紊地进行，直至指向最终自给自足的丰收。而我——我任由外来的种子入侵，开出无数无用的花朵，竟让它就这样彻底控制了身体。

二

你能想象吗？那种贯穿在全身上下每一个细胞里的欲望。你走动，呼吸，每时每刻……贯穿的都是这样的欲望。

想要创作的欲望，生生不息，呼吸与共。从不为人知的暗地里生长起来的花，繁茂疯长，渐渐长成一座花园，如小美人鱼在海底种下的那一片血红花园。花朵们温柔而坚定地蔓延到我的四肢，花瓣在躯体深处不见光之处辗转出微妙的光泽，花香随着血液的流动传递，直至占领我的全部意志。

（也有许多人曾夸赞它们美丽。有意或无意地为它们添加养料，叫我觉得荣幸。我就免不了沾沾自喜，以为真的可以这样下去的。）

这或许是很久以来养成的必然结果。三岁，我会背诗，会认很多字，我的父母因此把我带到少年宫里去。少年宫有个老伯伯，后来听说与我们家有世交的。他的头发是极富艺术情调的波浪卷，他们叫他院长，又让我叫他史伯伯。我穿一条薰衣草色的新裙子，胸口丝带绣的花朵让我想起蛋糕上奶油的裱花。有许多不认识的面孔围在身边，成年人的面孔。他们看着我一一念出史伯伯在报纸上指认的字，也听着我如何以非常稚嫩的声音背诵一首又一首诗。

长相思，在长安，络纬秋啼金井阑。微霜凄凄簟色寒。孤灯不明思欲绝，卷帷望月空长叹。美人如花隔云端。

史伯伯就非常欢喜，把我举起来，放在桌上，洋洋洒洒讲许多话。

六岁，有邻家的女孩跑来告诉我，说我的画被印在他们的美术课本上。"画上有你的名字呢！"语调兴奋，仿佛那是她的画一样。我的家人们听说了，就严肃起来，一面谴责"怎么可以这样就擅自把画拿去用呢？都不告诉我们一声"，一面迅速展开行动。又是去借阅课本，又是去求证绘画班的老师，然后还模仿我作为一个小学生的口气，给那出教材的出版社写了一封信。几经周折，有一天就收到出版社的回信，大人们传阅过，讨论过，也拿给我看。那措辞郑重，但我并不能十分看懂，只记得大红印章浑圆油腻，染在手指上有股腥气。

父亲带我去书店买书，说："这是用你自己赚的钱买的哦。"我也不十分懂。但能赚钱似乎是好事情，他与母亲开心，那么我也觉得开心的。

九岁，我代表学校参加华东六省一市的作文比赛。现场命题，现场完成，题目是《未来的××》。回到家，所有人问我，你写了什么？我说写的是《未来的我》。他们就摇头，露出不稀罕的表情，说这样的内容必拿不了奖了。可许多天后，头奖的获奖通知书寄到学校里来，连我的父母也吃惊——校内的作文比赛，我永远只得二等奖。从此之后，才有老师偷偷跟我父母说，我交上去的作文实在不像小学生的手笔，他们一律以为是抄的。

父亲也曾问我，会不会为此难过？我摇头。确实不会的。写东西，画画，原都只为着我自己喜欢。至于能得奖，能赚钱，那是另外一回事，固然也叫我的喜欢增色，却于本质上并无关系的。

是。无论是否被鼓励，是否被厚待，是否得到正面评价……其实都没那么重要。最重要的是叫我快乐。总有新奇瑰丽的画面与句子自身体深处萌发，就好像指甲与头发会长长，不能更自然了。

既然有人会将美发美甲当做乐趣追求，那我收集体内的灵感碎片，描摹锻造，以此作为自己的兴趣所在，又有何不可？纵然麻烦，纵然在许多人眼中无价值或无必要，但对我来说，就是最快乐的。

或许只是因为比重的问题。因为在他们看来，所投入的时力与产出的价值并不成正比。精致发型与华丽指甲是好东西吗？是的。可能当饭吃吗？大部分人应该都会说：不可以的。推而广之，我的爱好也只能是不入流的歪门邪道。年幼时尚可认为是无关痛痒的小小把戏，锦上添花的小小点缀，长大后若仍沉迷于此，那就十分不值得提倡了。

正如母亲一次次深恶痛绝的耳提面命：你想借此成功么？想借此养活自己么？不可能。绝无可能。没有任何可能的。

不要想了。

三

我至今不确定遇见语文老师是不是一件幸运的事情。

大约因为被太多人定义过，我总不太愿意给人下定义——这个人好，那个人坏。又或许是天性使然，幼年看电视，就很少问"这个人是好的坏的"。

但总会有那么几个人是例外：大学的班主任，我觉得她坏；中学时我的组长，也叫我觉得她很坏。她暗恋的帅哥对我产生兴趣，她就主动扮演起中间人兼闺蜜的角色，日日与我推心置腹，鞍前马后。没多久班里有传闻，说我考试作弊，借当班长的契机贪污公款，抄在稿纸上的歌词其实是给男生的情书并被一状告到老师与家长那里……都要多亏了她的运筹帷幄。很长一段时间里我对女性之间的亲密情谊都持怀疑退却态度——无他，就是因为这一段自以为的真情被狠狠打了巴掌的缘故。

至于我的语文老师，至少在与我们传道授业的那两年里，她是很好的老师，担得起一个"好"字。

我的同学们几乎也都这样认为。即使是班里最不听话不配合的问题学生，后来在她面前也是低眉顺目，情深意切；年年同学聚会，她都是最为学生拥戴的。教过的班级无不求约见一面，或直接登门拜访，她就笑："这种时候最觉得自己有存在感。"

也有人感慨"当年她说的话好多都听不懂"——一种不是抱怨的抱怨。连阿晚也说："她当年告诉我们，父母离婚是他们两个成年人之间的感情问题，与小孩子无关，当时觉得很不能接受。"

我说："可是这个道理呀。"

阿晚说："可当时还小，听到这样的话，总觉得怪怪的。和以前的认知很不一样。"

这些与传统观念有悖的言论，甚至可称为离经叛道的。若非我这种天生脑后有反骨的性格，消化起来确实需要较长时间。

少年班的制度与普通中学略有不同——小升初时面向全省招生，名额极少，又有年龄限制，我的不少同学就为获取考试资格而去改户籍上的出生年月。初中只两年，毕业不参加中考而直升，至高中第二年，即可报名考大学。

这一套特殊的超前教育体系诞生于1980年代，原是为了中科大之类高校所开设的少年班做人才储备。但至我入学的廿一世纪初，高校流行趋势似已有微妙转变：高考状元、竞赛保送、出国留学，成为更主流的追求。要国际化，要与市场接轨，科研遂成为相比之下不那么值得鼓励的出路。重要的是功名——清华北大，甚至耶鲁牛津这样的名牌，抑或"状元"这样响当当可供传诵的名号，才叫成年人获得更大收益，因而更为人喜闻乐见。

因为处于这样的转向风口，执教的老师之间仿佛也潜移默化地分成两个派别。一派是分数至上的实用主义者，题海战术、高压讲解，金榜题名才是终极追求。另一派则仍要坚持做特殊化、理想化的开发者——个性发展、独立思考、深入探索、平等交流，试图培养的是一套足够与所谓高智商匹配的思维与人格。

这个在教研组里长期被争论的话题。明里暗里的说教，资源争夺，即使是学生也能从旁窥得一二。她身为班主任，学科带头人，有时候也拿了背后的种种机缘与我们说。她说这里面没有孰对孰错，无非是两种价值观的选择。可我们都知道，她自然是选择后者。

她上课不带教案，课本正文皆三言两语带过，粉笔字写得游云惊龙，衍生的话题讨论倒是非常多。有演讲比赛、对联比赛、找错别字比赛、成语接龙比赛、话剧演出，各种好玩东西。又给我们口述世界名著、当红影视剧，从《巴黎圣母院》到《大明宫词》，仿佛在听评书。周三是两节语文课连堂，她一个字也不讲，有时用来写作文，有时则阅读——每个人从家里带书来，大家交换看。起初有学生带《高考美文欣赏100篇》，自以为会获得夸奖，却并没有，转头发现身边甚至有《神雕侠侣》和《魔戒》，于是很快也学会放飞自我。

后来才知道她为这一个字不讲的两节课所作出的努力。毕竟是之前从未有过的授课方式，提出后要经层层审核。而最终的决定权仍在考分上——幸好，我们并未给她丢脸。

众人都知道她喜欢我，对我另眼相待。能看出来她已尽量克制，可讲到忘情之处，赞许还是很多。毕业多年，仍有昔日同窗对我说："老师与我们聊天，提及班上同学，第一个出口的总是你的名字呢。"

我心中有愧，自觉何德何能。

其实也知道答案，自然是因为作文写得好——入学第一堂课用作自我介绍与才艺交流，第二堂课就是写作文。自由命题，题材不限。我写童年故事，记忆里的众生相，从楼下种花的婆婆到后面那一栋里住着的精神病人。她十分喜欢，拿在两个班上朗读分析，洋洋洒洒讲半节课，从此几乎就没有例外。

我也渐渐培养出胆量，与她争辩："你分析得太多了，我写的时候可没有这么想。"

她说："你怎么写是你的事，你写出来，读者怎么看，是另外一回事。"

这话直到今天仍非常受用。

许是她的鼓励与认可。如额外的肥料，叫我的种子们更加踊跃起来，萌芽、成长、盛开成一整个畅茂清艳的花季。那几年里写过的作文，小至随堂练笔，大到全国比赛，各种奖项拿了个遍，名字隔三岔五被写在红纸上，立大牌匾，端放于校门口。作文本被全年级的老师轮流借去研究分享，也时不时有样刊与汇款单飞来，在传达室里等着被签收。又有别班学生偷偷跑来，好奇想看一眼我的真面目。其他科目的陌生的代课老师发作业本，喊到我的名字也要停一停,"是你吗?"如此饶有兴味地探问,"作文写得非常漂亮的那个女生,是你吗?"

我就低下头笑一笑,羞涩而紧张的。不觉得得意,也不觉得满足,更不知是否应当承认。有那么好吗? 自己一直是怀疑的。我只觉得快乐、自然,一种近乎本能的释放……所以我就动手去做。

那是爱吗? 我是爱写作的吗? 这问题太郑重,反倒没有真正仔细想过。"想要成为一个作家?"不,从未有过这样的梦想。学画,就想当画家。夜来仰望星空,就想当天文学家。穿上漂亮的衣服,又想当模特与设计师……都是有的。至于所谓写作,却只想去阅读更多、体会更多、书写更多。从未想过要把它变成一份职业,一项赖以生存的技能,作安身立命之用。

别的都不重要。只要在思索,在创作,这就足够。

但也有另一种可能。总觉得那时候的她,在我身上敏锐地嗅到某些气味相投的东西,正如我在她身上所感受到的那样:超出一个老师对一个学生的期望与偏爱,倒更像是志同道合者之间才有的互相认同。一相视,一点头:你懂我。

这是我的微妙感受,无凭无据,仅此而已。

四

初中最后一堂班会结束后,语文老师曾找到我,示意我跟她走。梅雨季节刚刚过去,土润溽暑,温风不至,天空阴霾似有愁容,暧暧低低贴向人间。楼前一排紫玉兰,此时不是花季,我们就面对面立在那亭亭的绿荫里。她指着我,一字一字清晰异常地对我说:"不要放弃写作。"

这大约是身为老师的她,对身为学生的我,所说的最后一句话。

是。就是十二岁那一年。回想起来,这一句话出现之前,事情已在微妙地发生变化。某种类似抑郁的影子已不动声色爬上身来,如暖风迷醉中忽现一丝刀锋般的寒意,叫人陡然一个哆嗦。(气温就要一点一点地凉下去了。)

各色褒扬,传颂,物质上的奖励,从稿费到荣誉证书……长久以来也叫我喜乐惊动的,渐渐地仿佛都丧失了魅力。见得多了,就觉得都没什么不同。唾手可得之物,取之不尽之物,有何值得珍重?那内心的期望会越来越高,也是自然的。自然会更希望能有所突破。希望能写一些更深刻的、更惊人的，之前从来没有过的东西。

是功利心吗？或许是的。从享受过程渐渐变成计较结果——可怎么能不计较呢？如果在给自己带来快乐的同时，也被别人一次次证明，这对他们是有意义有价值的。

是求知欲吗？或许也是。总认为还可以更好。还有更多值得探索深究之处。

是对爱的需索吗？或许也是。即使身边所有人都在说"你是最好的"，父亲母亲也仍是一脸未置可否：没有什么了不起。是的，对他们来说，没有什么了不起。

母亲十分不喜欢语文老师。也许因为父亲每每开了家长会回来，都要说语文老师的好，也许因为我的痴魔。又或许是其他一些原因……我所不懂得的。懂得的只是她恨恨地端着我的作文本冷笑："碰上这么个老师，成日里把你们教得不务正业的。能有多好？你们一口气都夸她。我倒要改天去会会，看这老师到底有多好呢！"

初中两年，她到底没能和语文老师会一会。我的母亲是习惯于坐在家中远程操作，遥控指挥一切的人，正如父亲后来陪我住院，她也一直不觉得自己有必要出现。

只能多写，多读。陆陆续续又看了许多书。然而无论物质还是精神上，家里都不再支持我看与课业无关的书。能做的只是趁午休时间，去学校附近的新华书店里看。若逢实在喜欢的，还是会想要买下来——就是后来出现在大学寝室书架上的那一批。青春文学与网络文学也是不能放弃的领域，新一期的《萌芽》到货，也要第一时间去买。稿费用完，只好从午餐费里克扣。连续一些天不吃饭，换它们躺在我的抽屉里，饿的时候就掏出来读几页，觉得非常值得。

也用这些钱来买华丽精致的本子。记录随时想到的好词句，写各种杂文、随笔，甚至小说。写完一个又一个本子……但每隔一段时间来看，就要觉得之前写的不好，于是一点留恋也无地直接扔掉。

（真是不节制啊。那些句子……那些闪光的如少女般清亮灵动的句子，后来多么绞尽脑汁也想不出来的。）

钱都花在这上面，只能经常挨饿。我对吃喝本就毫无兴趣，又习惯了忍耐，视饥饿为无关紧要的短暂困扰。然而，肉身还是毫不客气地报复了我——身高到十二岁之后就逐渐停止生长，至十四五岁，基本就不再变动。

我的个头原在全班女生中数一数二，父母期待我能长成更为高挑的窈窕女郎。量身高时就每每失望疑惑："怎么突然就不长了？"

胸与腿也没来得及跟上。父亲的大长腿，母亲的丰满胸脯，我都没能继承到位。胸部至今一马平川，小腿更像被活生生锯掉几厘米，非要微微踮起一点脚来，好像才符合正常的人体比例。（母亲为此长期抱怨我的腿难看。）

木已成舟，无可回头。长大后的我当成趣闻，笑嘻嘻地讲给香樟君听，他却皱眉，神情酸楚："别说了，别说了。"又叹气，"要是能早一点认识你就好了。"

哪有早一点的事？我们的命都是注定好的。

如此义无反顾，不惜代价，读书的感觉却与以往有所不同。虚空与厌倦感沿着神经末梢一寸一寸爬上来——没办法，看得越多，却越觉得套路相似：经典故事仿佛都有雷同的结局与内核。《飘》里说："明天又是新的一天"；《远大前程》里男女主角相视一笑泯恩仇；《老人与海》里拖上岸的是一副鱼骨头……希望固然还在，更多可能性不是没有，但转头一看，也不过是当初那些因缘的重新发落。这样例子太多，当然还有《红楼梦》——烈火烹油，鲜花着锦，最终不过白茫茫大地真干净。

我是珍爱那书的。也随其中的曲折起伏且哭且笑过。可哭过笑过，又感到深深无力，觉得看到前所未有的局限性。我不再是七八岁时的小女孩，不再一心为黛玉葬花或芦雪庵联诗那样浓墨重彩又风花雪月的片段痴迷。我是那个二进大观园的刘姥姥，远远望去琼楼玉宇，细看了，也觉得那一砖一瓦都精细过人，别有洞天，都值得细细玩味的。这边还在自惭形秽，顶礼膜拜，流连忘返，那边却轰的一声，广厦倾覆，俱化为尘土灰烟。

不是吗？难道不是这样吗？他写了那么多，他们写了那么多，却最终也没能改变什么，悲剧依然是悲剧，最后与最初仍没有什么不同。这颗星球上的芸芸众生，丑恶的依旧丑恶，浅薄的依旧浅薄。写成鲁迅又如何呢？写成曹雪芹又如何呢？人性从未有过本质改变,真正能警示的,能升华的,又有多少呢?

什么是真实呢?什么是有意义的呢?

我吃饭,走路,洗澡,反反复复想这个问题。想不出答案。也没有一本书能予我解答。书完结了,人生却都要继续的。功名利禄是空,是非曲直是空,爱恨情仇是空,仿佛没有什么能永垂不朽。既然如此,还有什么好努力的?努力总要是因为值得才会去做吧——如果我觉得这一切都不值得呢?

是因为这个缘故吗?我的话比以前少起来,总觉得没什么可说,眼泪却变得多了。常有莫名悲戚如闪电凭空劈头,闪得脑内一片空白,反应不过来。有时候只是坐在那里,忽然就鼻头泛酸,眼眶发热,万念俱灰的绝望感爬上心头,摸摸脸颊,全是泪,只好低下头去,避免被任何人看见。尽管我知道没有人会看见……

(抑郁该是什么样的?心灰意冷。是的。我早早地感到心灰意冷了。可我不知道它是。)

语文老师也看见我在课间读《论红楼梦》,便静悄悄走到我身侧,说:"不用再读更多的了。你对它的理解已经够用了。至少在中学阶段,已经非常够用了。"

我于是乖巧地把书收到抽屉里。她走远了,我又拿出来看。或许是该听她的话。她在我身上已然感受到某种隐隐的不安。我写的东西越来越暗,越来越消极,纵是普通考试与练习,也总要探讨些生死攸关的东西。老师投注于我的褒扬逐渐消退,减少,不再像呼啦啦倾倒下来的玫瑰花瓣一样，不容置疑的芳香将人淹没。我的作文有时得到低分，但没有评语，没有任何理由。我也无意去问。有什么好在意的？我写这些，本也不是为了拿高分的。

我仍只是喜欢。只是这喜欢像见了日光的朝雾，烟消云散不知到何处去。越来越淡，越来越淡。

还是阿晚告诉我的小道消息。分数变低，赞美变少，并不是因为我在退化——尽管我也确实在默不作声地退化中——而是因为升学在即，一名合格的老师总要为自己学生的切实可见的前途做一点打算。作文本上的溢美之词与天花乱坠的名声能帮助我金榜题名吗？似乎并不能够，至少在那个年代是这样。告知我的那个声音遂更加煞有介事地帮我分析："她觉得你再这样发展下去，到了高中、大学，碰到的老师要是水平不够，会不好的。"

不好？会有什么不好？既然觉得不好，为什么最后还要提醒我，不要放弃写作？

不知道。

我只知道除了她之外，仿佛没有人对我的写作表示过支持。母亲是最深恶痛绝的那一个——读闲书，写闲字，见一次要骂一次。最后网线被拔掉，文学名著被从书架上收走，唯一留下的是《唐诗鉴赏辞典》——语文考试总有诗词分析，算是站得住脚的理由。高考完了，她提起来仍恨恨的："当年多少次看见你在偷偷写东西，你以为我们不晓得？都没跟你计较。"

言下之意是自己慈悲宽大。可我总觉得她不过是力不从心：苦口婆心劝过了，雷厉风行训过了，吃了多少苦头仍不肯悔改，那看起来也很难有更多办法。就像后来我想休学，除了骂一顿，赶回去，装听不见，便没有更好的办法了。

五

我们是有过一次激烈碰撞的——尽管也就那一次,大部分时候我逆来顺受,她大约没有想到我会有自作主张的勇气。升高一后,文理科分班,我想转文,老师发申请表,我就拿了一张回家。头一日与父亲说了,他就很快同意下来,拍拍我的肩膀,语气豁达:"我们尊重你的想法。"

我觉得欣慰,填好了表,给他签了字。

那是个周末,母亲还在加班,白天不在,提前吩咐他来看我,并带我出去买衣服。那时候家里已穷困很久,大商场固然还会去,但只能看看式样,找找有没有打折。真正的目的地是批发市场——我记得门口停摆大量自行车,人要侧身才能从空隙间穿过。一路有小店卖窗帘、床单,回收旧衣,年轻女孩画亮色眼影,蹲在墙根下铺开一张席,密密麻麻摆上各种流光溢彩而经不得细看的手工饰品。

其实并不怎么介意。因为有总好过没有。我介意的是那条裙子:蓬松伞裙形状,过膝,边缘缀一圈硬质蕾丝。奶油色底子,晕染绯红玫瑰,穿在身上,头顶吊扇旋转,清风好似让花瓣们翩翩在我周身飞舞。一圈人盯着我看,一对姐妹在角落窃窃私语,其中一个忽然扬了头,半大不小的声音说:"皮肤白,年纪轻,身子瘦,自然穿什么都是好的。"

父亲开始与店主斡旋。对方开口要价七十。在这窄小,炎热,嘈杂方言裹着瓜子壳的空间里,是个颇有些骄傲的价格。父亲想也不想,将我换下来的裙子往旁的衣架上一掷。"三十。"他说。

"啊哟,三十卖不了的啊老板!"店主是中年女人,拍着大腿呼天抢地,"你看这又不是普通的印花,都是正经的织机提花。喏,你看看,你看看……"

我很知道他们的套路。我的父亲会赢的。我想。

"三十。"父亲并未多看一眼。

"五十好伐?五十,老板。"

"三十。"

"三十真的不行。我拿货也要四十的。这真是好裙子,小姑娘穿着也好看……"

父亲转了头向我:"我们走。"他大步出去,我紧跟上。不出几步路,就听得店主的声音在身后响起了。我完全能想象她斜着身子探出来挽留的姿势:

"三十五!三十五你就拿走!"

然而父亲是不会回头的,他果然也没有回头,他的定价标准从未为任何人撼动过,于我记忆里亦几乎从未失手。待那挽留的叫声消去了,他就如从前很多次那样,淡定地告诉我:"再看看。"我也由衷信服地点头。可天气确然是有些热,我能感觉到自己背后泛起细密汗珠。

那天我们没有再回去。或许是因为热,或许是他忘了,或许是本质上他认为不值得。总之这条裙子被按下不表,尽管我一路都心心念念惦记着。我们走到尽头,穿越高高拉起的卷帘门,如来时一般侧着身在自行车群间行走。傍晚斜阳于茂盛行道树后泄露,仍是毒辣刮亮,父亲点起一支烟,我这才意识到,我们不会回头去找那条裙子了。

我没有开口追问。我害怕问了也不会有好结果,害怕更深的失望——我不配提要求,愈是美丽而中意的东西,愈是不应该属于我。

两手空空回到家的时候,下班的母亲已来了。同在的还有小姨与小姨的男朋友,亦即我后来的小姨夫。平日里我一个人住的出租屋忽然拥入了如此多的人,叫它看上去仿佛是噎着了,一种消化不良的局促。他们齐齐转过头来看我,又随着母亲一起将目光收回去。她有一个瞟眼的表情,潜台词十分清楚:看什么看,轮不到你看。

父亲被叫去了,他们挤在三五米的阳台上,细细说着什么。我坐下来想写作业,却写不进去……脑中仍是那条裙子,清澈绯红的碎花在眼前晃动。邻居家里在做红烧鸡,食物气息倒成了最爱怜我的,于鼻腔里款款摩挲。

我感到很饿,但仍然无法开口。

天快要黑了。

父亲走进来,摁亮头顶的日光灯。"你怎么不开灯啊?"他的声音轻松而略带一种开玩笑的戏谑,"屋子里黑扑扑的,对眼睛不好。"

我说:"我看得清。"

他踱至桌前,手再一次拍上我的肩膀:"你要不别转文了。文科班没什么好。你说呢?"

他下了结论。尽管口气仍保留商量的态度……但我知道,我都知道的。不是不觉得意外,却更有种注定如此的无助。我停下笔来,坐着,不看他,只是摇摇头。

(清澈绯红的碎花在我眼前晃动。)

"听话,"他说,"你看,当年好不容易考进少年班,这几年下来,你自己也清楚,教育条件哪是普通班级能比的?你们文科也就只有平行班。去了也没什么意思……文科的专业,将来还不好找工作。"

我不吭声。

"就这么说定了哦。"肩头留下告别式的一压,他扬长而去。母亲已在厨房一叠声地喊他烧菜。红烧鸡的香气不知何时退去了,裙摆上的玫瑰还在晃动。

那条裙子……

我忽然想起来,申请表没有见到,心下明明知道不会有了,还是徒劳地去书包里找了两圈。折叠桌已在我身后搭起来,众人团团地准备开饭。能去问谁呢?都没有必要问了。

一时来了太多人,椅子都不够坐,小姨夫捧了饭碗在旁站着吃。母亲一径劝他:"小贺,你坐。有地方坐的,喏,我都用米箱给你搭好了。"

小姨说:"你不管他。他就喜欢站着吃。"

我只是低头吃眼前的菜。藕是母亲做的。她甚少下厨,做菜的水准一向堪忧,藕切得不像丝,倒像一根根火柴棍,铁锅里翻炒出来的苍旧紫褐色。醋太多,盐太少,我吃得咳嗽。

她忽然就在对面冷笑起来:"你反正就知道低头吃。我们这就算是家破人亡了,你也是屁都不知道放一个。"

就知道要开始了。

"小时候叫她多看书,送她去学画画,只当是做个业余消遣,竟把人都学得中了邪,整日里这样人不人鬼不鬼,净想些邪门歪道的事了!你难不成以为自己能当作家?先撒泡尿照照去!拿了几个破奖就想搞文学,搞艺术,是你这种货色搞得起的?我可把话放在这了,我们家里要钱没钱,要背景没背景,要关系没关系,没人帮你出头。你就抱着你的作家梦穷死好了!还敢背着我找你爸爸签字——要不是我发现,你死都不知道自己怎么死的呢!反正现在年纪大了,翅膀硬了,说的话都当耳旁风,只怕明天我们讨饭讨到你家门口你也不理了。良心呢?只想着自己快活就行了是不是?都随你的心愿就最好,做人竟也有你这样自私的!你以为我想管你?你这一张表交上去,别人倒要笑我们做家长的缺心眼,蠢呢!"

她的声音越来越高,最后竟有了花腔女高音的调调,感情不能更充沛。而我的眼泪亦为这样的忘情所感染,扑扑落进碗里了。

只有一条想澄清的:我知道当作家是白日做梦。我真的从未,从未将它当作目标。或者说,我的人生原本就没有目标。想转文只是最实际的考虑:历史地理几乎不费什么劲就能名列前茅,而即使学破脑袋,我的物理也只能拿一些二十六、三十七这样的分数。我只是不想那么努力而已。如果努力也是虚空,是徒劳,那为什么不选一条叫自己稍微好过一点的路?

可我开不了口。

"你懂什么?你这猪脑子懂什么?你自己倒说说!你看看小贺叔叔——人家当这么多年语文老师,你嫌我们没用,他的话总是证据不是?你问问他教语文的一个月当家教能赚多少外快?有哪个数理化老师赚得多?你问啊,怎么又没胆子问了?小贺,你说,你告诉她是不是这么回事!"

小姨夫一定是被饭哽住了。他边吃边咂嘴,边缓缓踱步。很过了一会儿,方若有所思地说:"是,学理科会好些。"

"可死了这条心!"她拍着桌子。歇斯底里,又志在必得。四面墙嗡嗡响,俱是她拍桌子的回音。我的容身之所,在震动。

清澈绯红的碎花在我眼前晃动。是裙子,是我想要的那条裙子……我不去想她那些凄绝尖厉的控诉,脑中只有那条裙子。我想告诉父亲,我很想要那条裙子。即使它不是什么好裙子,我也想要。愿意用多日的饭钱来换它。可如果我开口,他一定会露出惯有的耸肩摊手的姿势来:"没有就没有吧。我们又不知道你这么想要。怪得了谁?"——他会这么说,他们一直都是这么说。

母亲扬长而去,这件事就算结束。而我蜷缩在床上,哭了一整夜。有时候睡着,有时候醒来,醒来就哭一哭。我哭我的裙子,与失踪的报名表没有关系。想到玫瑰花蕾绽放的裙子,就心如刀割。

我读那么多书,得那么多奖,拿那么多稿费,却连一条近在咫尺的裙子都不能买到。(同样的道理,我看过那么多跌宕起伏的剧情,普遍适用的真知灼见,却连自己的母亲父亲都无法说服。)

想长大啊。多么想赶快长大。想有朝一日至少可以经济独立,去写去画自己喜欢的东西,也想买自己喜欢的漂亮衣服……可长大的话,这一切一定会变好吗? 如果还是好不起来,那又要怎么办呢?

我闭上眼睛,不敢去想。长大是赶不了快的,这我也知道。

六

春天的第一批花有种共性。开得越早越盛,那凋零也越彻底越迅速。

我知道我也在枯萎了。写东西的频率迅速下降。往日才思泉涌的体验一点点被收回,如一条曾经沉静宽阔的大河,漂浮红灯笼般睡莲,滋养缠绵水草,贯穿血脉的推动力,如今逐渐在空气中蒸发,化为乌有,再看时仅留下干枯的河床。

那蒸发的水都去了哪里? 无从知晓。我试图摸索,挖掘,寻觅幽暗深处的泉眼或孱弱无声的细流。但大河从此再未恢复。

我的同学、家长与老师们,不会知道这些。即使亲近如阿晚,恐怕也不知道。他们对我的基础印象已明确奠定,多年后提及,仍是"那个写一手好文章的女生"。优点与长处因太过显而易见,甚至可称为风头无两,故旁的干扰信息都显得不重要。他们记得我从中获得的荣耀、赞赏以及切实可见的成绩,还有我那满分的高考作文。(这真是我觉得发生在自己身上最讽刺的事。)却不知也有许多次，我的作文拿极低分数，参加重要的比赛而名落孙山。对着一面空白格子纸，想了又想，想了又想……抬头看天，只看见浮云如流水，溶溶而过。一教室的人都在奋笔疾书，我的心却空得可以装下全人类的黑夜。

写不出，拼死写不出。世间万物的互相譬喻，人心里的七情六欲、喜怒哀乐，仿佛都与我丧失联系，再无可说。能写出来的都是些自己也不相信的泛泛词句，以此保全一个基础的得分，模范格式里的所谓套路……感觉执笔的自己身体变作一团泥，挤压，变形，扭曲，混沌不堪，思绪支离破碎。有时候觉得没了存在感灵魂被从身体里抽离出来，自脊梁骨处被抽筋剥皮，露出肌肉缝隙里的脉络，鼓张不安地抽痛跳动。那被撕裂，割离，看到自己五脏横陈的视角，心跳在徒劳与虚空中一点点微弱下去……坐望芸芸众生，各得其所，风一吹，"我"就消散了。

没有发泄的余地，没有改善的途径，凋谢腐烂的花瓣堆积在血管骨髓中，淤塞郁结，迟缓笨重，憋屈得一塌糊涂。

那是非常糟糕的体验。像什么呢？不敢说是曾吃遍山珍海味，至少也是终日酒足饭饱。这样的人，却有一日为饥馑所困，眼目可见之处再寻不出一样可以煮来吃的食物。眼睁睁要看着自己在强烈求生欲中一步步逼近死亡。委屈，恐慌，求助无门，悔不当初……到底只能硬着头皮咬着牙接受。

从有、有很多，到一无所有……"赐我梦境，还赐我很快就清醒。"我的少年时，青春期的全部，仿佛都在这样的得而复失中度过。

七

大约就是那时候起,开始讨厌自己的吧。或者说是恨,恨自己没用,恨到想要摧毁这具肉身,抽骨扒皮,开膛破肚,看看到底是哪个地方不对。

开始尝试拿刀割自己。一把小小的美工刀,一道一道地割,层叠交错。体会刀刃切开皮肤,划过时轻微吱吱响的钝重质感……又有时候是圆规,对住手臂内侧的皮肤扎下去,在里面搅动。

一条条猩红的线,有时皮肉会朝两边翻开,黏稠血液看似滔滔不绝,却也很快就会干涸。我知道不能做得太唐突——换洗衣服时若发现有污渍,免不了又有一番责问。

只要有恰到好处的疼痛和血流就好了。疼痛多好啊,肉体的伤疼能叫人暂时转移注意力,忘却精神上的压抑苦痛。流血也是,流血让人相信自己还活着。这具躯体的生理机能还在照常运转着。有时候也会幻想,幻想割开一个口子,那腐烂堆积的花瓣就能有所宣泄,疏通,好叫我的血管们不再因压抑而郁结,无所适从。我的灵感与表达欲就会回来,轻装上阵,与从前没有任何不同……

还有父母给的压力，他们耳提面命给予的……是了，是了，我知道自己是很坏的小孩，请不要再与我长篇大论，论证我的坏处了。我已提前给自己上了刑罚，提前为自己备好十字架与荆棘冠，叫一身血肉磨难折损……这是不是还不够？

开始喜欢梵高与蒙克的画，人人都说《向日葵》是光明，《星月夜》是璀璨，可我看见的只有他的执拗。仿佛活着一生只是为了画那一幅画，血脉偾张又天真无邪地孤注一掷……我向往他的方式，渴望有一天花瓣们能再度鲜活起来，化作同样席卷的狂风与激流。还有蒙克的《呐喊》，扭曲脸孔无声尖叫，背景凄艳浓稠仿佛我梦中所见的一地花瓣……我甚至觉得画中那张脸就是我，美术课本上初次看见，一颗心就像被击中。我忍不住拿与阿晚看，她惊叫，骇笑，再次表示不能理解："你怎么会喜欢这样的画？"

她笑得那么理所当然，我不觉气恼，却觉得好生羡慕：她多好啊，她不会做我那样的梦。她的妈妈何等年轻有活力，全班人都看在眼里，她们甚至会一起讨论安妮宝贝与今何在。她邀请我去家里一起打《仙剑奇侠传》，玩完了，饭桌上就谈笑风生，拿班里的各种绯闻与八卦讲给她的父母听。这样的情形或许一辈子不会出现在我身上……

就让我这样下去吧。一径地偏离，执拗，自暴自弃，自我伤害下去吧。我想要的结果，仿佛只有这样才能达到，只有这样才能宽恕自身。那么多人都信誓旦旦，义正词严，自圆其说，不接受任何反驳，那么错的只有可能是我。我是那个一意孤行的堂吉诃德。即使我相信我看到的是巨兽而非风车，一切的证据都表明，你是错的。你征服它，打一场胜仗，除了与他人做笑谈之外，没有任何用。

曾寄托于我身上的那么多厚望、褒奖、鼓励、推崇……都没有用。

风雅是用来附庸的，不是用来全身心投入的。少年人的兴趣和渴望是用来被忽视的，不是用来在成年人的残酷世界中被保护的。你的所谓梦想都是空中楼阁，绝无落地的可能。

到最后连你自己都在背叛自己——那些叫你甘之如饴、流连忘返，乃至血肉横飞也在所不辞的东西，连你自己也留不住。一个字都写不出来的人，有什么资格说自己不想放弃……谁会信？能说服谁？有什么资格？理想……一个未涉世的孩子的理想，能值几斤几两呢？

你会觉得这样的寒意与风霜，是可以接受的吗？如果是一个生来就处于冰天雪地之中的人，会觉得这些都是再寻常不过的吗？是，如果从未见识过春天长什么样，我们或许就不会对冰雪消融的日子抱有期望。

可如果曾经拥有过春天呢？如果当真有过那样春和景明的日子，一个在春深的花园里长大的孩子，看惯了浓花淡柳，草长莺飞，漫天铺地的明媚娇艳……

如果那才是人生最初的模样——无垢的，不曾为任何外来之怪力乱神揉搓。那么多春意盎然的种子早已在体内深深种下了——如果是这样的一个人。在发现自己行将深陷茫茫雪原时，不能那么轻易地甘心，不能轻易舍得自己一身上下可能开出的花……你们会觉得这是可以理解的吗？会愿意与她有些许的宽容，由着她多坚持一下吗？

　　我想知道，会吗？

花
园

一

我没有再回到过童年的花园。无论梦里还是现实中,一次也没有。

但我的记忆历久弥新,或许直到时间尽头也不会消弭。人生伊始,最初的底色……闭上眼,就仿佛一切从未离开过。

三楼,三室两厅,正对阳台是一株悬铃木。春日稚绿竞秀,夏日清阴覆地,秋日落下一大阵一大阵萧萧的金灰色的叶子,冬日剩就一副落拓疏朗的骨骼。屋后则有水杉,蓊蔚生着,早晨坐在桌前吃饭,就能看到阳光穿越其间,婆娑树影明明灭灭,从墙壁一直流淌到地板上来。

挑扁担的老伯从树荫下过,叫卖声定要拉长声调。卖的东西有学问:春天是青团,夏天是烧仙草,秋天是桂花酒酿,冬天是赤豆元宵。但无论哪个季节,大清早的都又不同——一头是豆浆,一头是豆腐脑。外婆给了零钱与搪瓷杯子,吩咐我下去买。木桶上盖绵软白纱布,揭开来,热气腾腾如琼玉凝脂。豆浆直接倒,豆腐脑要以扁平木勺小心地舀。洒一撮细细绵白糖,捧在手心骄傲地端走。

外婆开了门,接了杯子,就夸我:"哟,能干的。"豆浆豆腐脑,配油条袜底酥生煎包。我可以吃到天荒地老。

住一楼的人,条件最为得天独厚。只有他们有资格种植大株草木与藤本:竹子、枇杷、桂花、海棠、玉兰、蔷薇、葡萄、金银花、爬山虎……本单元一楼的阿婆,似与外公外婆是很好的朋友。我记不得她姓什么,但每次见面都要打招呼。她的墙根下有一面非常茂盛的绿篱,暮春时青枝碧叶间开出无数硕大雪白的花朵,累累欲坠,雨后常有一地皎洁花瓣零落在水洼里,水面花光潋滟交错。我迷恋那景色,上学放学路上,常一个人呆呆看住忘了走。

有一日天青微雨,逢阿婆在门口扫水,就折下一枝花送给我。雨丝纤细,我没有打伞,雪白清冷的花朵泛着淡淡光泽,青涩安静的香气伴随水雾弥漫在我的脸上。

不知为何,那一刻心里有莫名伤感挥之不去。丝丝缕缕纠缠着,柔弱无助。

(开到荼蘼花事了。这样的句子,当时已在书中读到,却并不懂。玉面残春的花朵,当时已握在手里,却并不闻其名。终究还是太年幼,背后的情意一点也不懂得。然而若一辈子都不懂得,倒也很好。)

从楼下望去,能见外公家的阳台如一座小森林,莫名生出归属感。这当中也有我的一份功劳——没事就蹲在绿地的角落里,寻觅可以带回家的种子与幼苗。凤仙的种子熟透,一碰就弹开,因此得了个英文名叫 touch-me-not——中文别名也有,叫"急性子"。

牵牛与紫茉莉的种子则敦实熟黑，却据说都有美白护肤之用。茑萝是从墙角里伸出来的一小截，我见它幼弱纤细，心有不忍，索性拔出来带回家种。夏天里攀出修长藤蔓，点点鲜红小五角星热热闹闹开起来，我就得意，与外公炫耀。他笑着点头，却又告诉我，这都是不入流的草花，古人以为下贱之品的，是以从前家中并不种。

　　花朵。花朵。记忆里的花朵……记忆里仿佛永远都是花季，纵使凋败，也总会有新的花填补枝头。

二

我人生中最先知晓的花，是外公家种的玫瑰花。——但这话也不完全对，因为长大后会知道，那是杂交月季中的某种，而非真正的玫瑰。（直到今天我们仍将蔷薇属许多娇艳芬芳的重瓣花朵都称为玫瑰。）外公家种花太多，鼎盛时期达百余盆——我一一点数过。挨个浇一次水，就要用掉一小时；若遇上分株、移栽、换盆，一整天在阳台上忙碌也是常有的。

阳台与客厅间有一道纱门。他们种花的时候，我就隔着纱门看着。柔软旧报纸铺在地上，湿润泥土散发青涩土腥气。我绞动自己蠢蠢欲动的小手指，说："我也想种。"他们说："你还小，等你大了就教你种。"我只好依依不舍地退回去，仍在纱门背后看着。想起每一次说，要跟外公学摄影，跟外婆学包粽子，做青团……得到的答案都是：等你长大。

等我长大。等我长大，等他们死去……我到底没有从他们那里学到种花，摄影，包青团与粽子。太多想做而没有做的事了。想到这里，长大的我内心悲伤，深夜在被子里辗转反侧。以为会流泪，却从未流出来过。

那些感觉都如出一辙：心里像有一只装满水的瓶子，很满，非常满，颠簸摇曳，波澜起伏，却从没有倾覆的一刻。

想要回到什么都不会的年龄。想要回到为悬铃木所荫蔽，为鲜花所环绕的屋子里去。即使要以我长大后所获得的一切智慧、钱财、爱……为代价，我也是愿意的。

但这终究是不可能的。

我连那朵玫瑰都没能再拥有。

它丰硕，香甜，一抹浓艳玫红色仿佛自有深意，冉冉开在枝头。青枝碧叶，却有刺，与我素日见到的温香软玉、秾情丽态都不相同。我于是去问外公："那是什么花？"

外公说："玫瑰花。"

我又问："怎么写？"

外公正在练字，就拿了废弃的纸，一笔一画写与我看。我记住了，就很开心，跑去抄在自己的日记本上。如此犹嫌不够，还要再趴到阳台上去，多看几眼。数日下来，别的花开开落落，早已换了一拨，它却风华依旧。幼小的我又担心起来，一种莫名的恐慌——担心有朝一日它也要衰败下去，不复存在，那就太悲伤了。

我想起曾在书中看到过植物标本的做法。花枝剪下来，铺上纸巾，夹在书本中，如此就可以长久保持它盛开的形状。这真是太好了！立刻动手照做。搬了板凳，拿了剪刀，伸长了身子去将它铰下来。花朵在手中有沉甸甸分量，我以近乎虔诚的使命感捧着，柔润的花瓣仍在散发甘甜的清香。

枝头空余恨。外公见到，就生起气来。他也不训斥我，只是一言不发，背着手，盯着那空荡荡的枝头看，又在屋子里走来走去。我无知无觉，直到母亲来看我，知道了，就对我说："外公生气了。"

生气？为什么要生气？我以为我选择的方式才是最好的。如此，一朵花最美妙的状态可永远被保留。当然就更不觉得自己有愧疚或道歉的必要。晚饭的桌上，众人撺掇我："快，快给外公敬酒，叫他不要再生气。"我就敬了，可他笑得非常欢喜舒展，竟一点也不像是生过气的样子。阳台上，新的玫瑰花蕾已露出一丝嫣红来了。

摘花是十足不道德的行为，有悖天意的行为。是对花的不尊重——他一直没有与我说过这些，是要很多年后，我才明白过来。那时候也想去找回那朵玫瑰——与我后来做的许许多多押花和植物标本一起，尘封于抽屉深处。重见天日之际，已被不知名的小虫们蛀得面目全非。拎起那一页，簌簌掉落的是不知年岁的灰烬。再也不能拥有。

不是说别的花不好。都好。春有杜鹃海棠，牡丹芍药，夏有栀子茉莉，扶桑石榴。秋有菊与秋海棠。冬日许多盆花落尽叶子，繁盛葱郁之感不再，但也有山茶与瑞香的花，南天竹的果。逢天气好，养在室内的水仙也会被端出去晒太阳。

外公爱极水仙，水仙中又最爱金盏银台。每年立冬后必买来种球，慢条斯理培养。至春节前后，则正好开出冰清玉洁的花，一片热闹喧嚣中，唯有它不摇不动，遗世独立，满室清雅芬芳。

后来我读《闲情偶寄》，见李渔说他每年冬天都要省下钱来买水仙。可以不吃饭，但不能不买水仙。众人因笑他怪癖。我想：我外公要穿越回去，必和李渔是一样的。

外婆则喜欢茉莉。外公养水仙，只用清水和玻璃盘。外婆养茉莉，却是什么样浓浊的肥料都要往里加——茶叶渣，碾碎的生鸡蛋壳，还有鸟与鱼的粪便。盆是最朴素的不施粉黛的瓦盆，剪下一段枝条插在泥土里，很快就长出丰沃鲜翠的叶。暑假里，日日能见到珍珠一般小巧玲珑的花蕾缀满枝头。被谨慎地摘下来，浸水，泡茶，洗手洗脸洗头。她乌黑的头发一直保持到年逾古稀死去的时候。

写茉莉写得很好的，则有沈复。他看他那可爱的妻子簪茉莉花，成就一段佳话。他们倒是一对儿公认的佳侣。

我的外公外婆却不是。像他们深爱的花朵，同样洁白，同样芬芳馥郁，却从不开在同一个季节里。两个人都很好，各自有各自的好，却总谈不到一起。他们之间的交流非常少。若家中没有旁人在，也许一整天都不会交谈。若有什么话，就对我说："去问下你外婆……""去跟你外公说……"

我就跑着，跳着，飞快地去传话。

我因此一直没有机会学习如何与亲密之人交流，如何表达自己的感情。也一直认定沉默、各得其所，就是一种最安稳的环境。

他们只在非常少的事情上达成一致并共同发声，比如爱我。可我却从没有过特宠而骄的经验，从来没有因为看准了他和外婆的爱，就恣意妄为，或是在大难临头时钻到他们怀抱里寻求庇荫……一次也没有。

（是我浪费了这样的爱吗？）

可我独独只中意那株玫瑰。当然，后来长大，收到过他人赠送的大捧怒放的玫瑰。去花店里打工，也经手过各式各样品种新奇的玫瑰。见得多了，本不该稀罕，心里却始终有个印子留给外公家阳台上那一株，叫我长久地热爱着。我笑，玫瑰陪我笑。我哭，玫瑰陪我哭。

音乐老师教了五线谱，我于是尝试自己用五线谱写歌。站在阳台上以竖笛吹奏，一遍又一遍。对面是这一株玫瑰，我问它：好不好听？

拿了外公的粉笔在阳台上画画。画了满地，五颜六色。外婆来喊我吃点心，绿豆汤红豆汤，或一小碗葱花蒸蛋，我就舍不得，央求："不要擦好不好？"她满口允诺。但这央求连我自己也很快忘记，睡一觉醒来，再看就不见了。也无所谓，反正可以继续画。玫瑰被繁重花朵压低了枝，垂下来，仿佛也要看一眼我的画，然后记住。

暑假在阳台上吹泡泡。买来的泡泡水用完了，找外婆用肥皂水帮我调。一口气吹出一连串流光溢彩，圆满通透，飘飘摇摇地飞走。有时候碰到什么，就瞬间消失，有的穿越我的玫瑰，飞过屋前浓荫乔木，直至视线不可及的远处。

夜来做噩梦。惊醒时，就看到那一层轻盈窗帘背后，路灯投射出玫瑰的轮廓。魂魄这才悠悠醒转,知道这个世界仍照常运作,知道人间并没有抛弃我。

外婆说,将来不要种玫瑰好了。她浇花,总被玫瑰的刺扎手。我因此就生气,觉得她太不通情理,很长时间不肯与她好声好气讲话。后来又是怎么和好了呢? 不记得。也许因为她买可爱的小鸭子给我养,也许因为她给我糖茶喝。她有一只保温杯,一整天都泡着滚烫的茶。逢我要喝,就用杯盖倒出一点点,洒一撮绵白糖,眼前一切氤氲在茶水升起的雾气里,都变得美味起来。外婆自己歇下了,也是这么喝。

母亲来看我。发现外婆用保温杯泡茶,又是一通说:"哪有人用保温杯泡茶? 维生素都给你破坏掉了。"外婆说:"不要紧的。"

有许多事情都是如此。在我的父母看来很要紧,外公外婆看来却不要紧。我上课不听讲,玩弄一把小剪刀,蓄意在自己的新衣服上剪一串小洞。母亲呵斥我,外公外婆却说不要紧。我放学后没有回家,跟着同学去郊外的野地里摘花,玩得一身是泥,母亲呵斥我,外公外婆却说不要紧。夜深了,种种指控、质问、命令,劈头盖脸压下来。外公就从房间里踱出,威严又略带不耐烦地对她说:"这么晚了,还没讲够? 让不让人睡觉了。"外婆帮腔说:"就是。就是。"

母亲走了,外婆就把我拉到一边,给我擦眼泪。她悄摸摸地和我碎碎念着,叫我不要再难过了,说她一直知道我的。说我是个很好的孩子,说我总有一天会比现在更好的。我抽噎着,眼睛肿得看不清东西,泪水把灯光打散,视野里漂浮着一片游离的彩虹。她把温热的毛巾敷在我脸上,一双骨节分明的手交织着皱纹与褐斑,轻轻抚摸我的头。

三

楼上楼下，楼前楼后。仿佛每户人家都有一两个愿与泥土落花为伴的主人。外公家的阳台是小花园，而这样的小花园，俯拾皆是，又共同组成一个纷呈的大花园。大花园以幽深草木与世隔绝，人们在此安居乐业，外界一切动荡似总与我们无关的。

长大后才知道，那时候厉害的国企俱如此。教育，医疗，娱乐，甚至水电系统，都自成体系。种花或许亦属体系内的一种气氛传递——见邻家种的花好，于是也跟着种起来。我问你要些种子，你分我几枚枝条。如此有来有往，花事遂成为普遍适用的一桩话题。若是庭院里，阳台上，光秃秃的，反而像个异类。这小区里其他居民看见了便知道：这一户里纵住着人，也是与众不同的人，不适合打交道。

似乎是唯一不种花而常住于此的，是我家后面的一户人家。我们家在三楼，他们家也在三楼。隔着一排水杉，我们家的北窗正对着他们家的阳台。身形瘦小佝偻的老太太，穿青布衫，银发挽成非常工整的髻。早上起来晒被子，晾衣服，有时候坐在角落里点一根烟。那阳台上从未出现过第二个人。

她只与她的儿子相依为命——她的儿子,这小区里无人不知的,避之不及的"神经病"。他有自己的姓名。但所有人都只叫他"神经病"。有时候我家的大人们私下讨论:

"那神经病其实长得挺好的。"

"是,浓眉大眼的。那个子,怎么说也有一米八了吧。"

"是没考上大学所以疯了的?"

"考上了。但那年不正好出了那些事……就从北京回来了。听说呼朋引伴,去了许多人呢。回来的就他一个。"

"也是可怜,老太就他这一个儿子。"

"他们上次还问她哩。要是你死在你儿子先头,他怎么办?她就说,那也不能怎么办。总之我活着一天,就有他的一天。"

……

我感到好奇,又跑去窗口边,眺望观察对面的阳台。阳台上有花盆,但一株花木也无。惟有的颜色来自角落里摆着的大量空饮料瓶。又有大量纸壳、纸板、纸箱,也有条不紊地码在一起。他们说她就靠卖这些东西为生——但一点也不似我印象中卖废品的人,这阳台非常齐整干净。

所有人都怕那个神经病。

为什么怕?也说不清。至少我从未见过,亦从未听说他有任何害人的行径。他只不喜欢穿衣服,春夏秋三季皆赤膊,冬来了,就披一件陈旧军大衣,走起来凛凛生风。他也不叫嚷,也不为非作歹,成日里只喜欢在路上游荡,或懒洋洋瘫在某个角落里。你看见他,不看见他,都一点事也没有。

有一次我见到他被人驱赶。五月的桑叶沃若,招摇在他们那栋楼的单元口。也许是树下那星星点点的阳光很好,也许是胭脂色的桑葚已伸出枝头……他不走了,靠着树就地坐下,露出慵懒满足的神情。有妈妈带着小孩子路过,那孩子见到他,立刻哭起来,无论说什么也不肯再往前,那当母亲的也手足无措。她捡起石块,又放下了。从包里摸着,摸出一个纸团子,朝他扔过去。"神经病,快走!快走!"

他就真的看一看,摸摸头,不疾不徐地起身走了。脸上兀自带着笑意。他站起身时,实在高大,以至于那母子俩不由得倒退了两步。

还有一次。我放学归家,看见一群同学在路口笑闹。人群密密匝匝,不知在做什么,我也想挤进去看一眼,然而以我的体力,哪里挤得进去呢?只好在外围踮起了脚张望。忽然脖子后面一麻,像是被一片细针密密扎过了一样。我回头,就看到那个"神经病"。他的光头,他的一脸胡茬儿,凑得那样近。那张脸上洋溢着笑。就没有然后了。他扬长而去,我不明所以。很奇怪,我竟也没有觉得害怕。后来的某一天,有同学对我说:"梦云被那个神经病亲了,她吓得当场就哭了。"——他们煞有介事地向我描述。梦云是我们班的另一个小女孩。我这才明白过来。后来想想,恶心和反感也都是成立的，这很好理解。可是看到他那么近的一张脸，我为什么不害怕？

"神经病"没有再接近过我。但不止一次，我见到他嘴里叼一枝花，笑嘻嘻地在路上走，在草地上晒太阳。赤裸上身，露出浓密的腋毛来。

他的老母亲后来应该是死了。肯定死了吧？没有人能活那么大年岁的。我们都没有再见过她。也再没有人提过他们的事情，仿佛司空见惯，又仿佛自顾不暇，谁也懒得再与他们计较的。十几年后，街坊四邻逐渐离去，盆花一一从阳台上消失。门口树木也被成批砍掉，树下草丛浇筑为光滑的水泥地。"神经病"还在。

外公去世，我回家奔丧。站在香烛气息里向外望去，就见他睡在楼梯口。

那位置本不碍着什么人的，但有人从单元楼里走出来，就对他拳打脚踢，喝令他死走。他还是不反抗，也不叫骂，任由皮鞋和拳头落在肉身上发出一连串闷响。那打他的人见他并没有要乖乖离开的意思，就更加生气，殴打的声音愈发激烈密集起来。直至他蠕动身体，如一条虚弱败犬抱头逃走，也还是挂着一副笑脸。与从前全无分别。

四

母亲曾教我画花。老款的马利牌水粉颜料盒子上有盛开的月季花图画,她一管一管挤出颜料来,润笔,调色,不疾不徐画与我看。浓红嫩黄在笔下互相渗透,融合的质感叫我想起转瞬即逝的天际彩霞。高光处要用干笔蘸白颜料迅速擦出来,就很像亮烈阳光下花瓣反光,露出半透明的脉络。

画完了,就换小号狼毫笔,于画面一角郑重其事勾下名字。"题字是很重要的。要跟在边缘处,要考虑留白。叫字也变成画面的一部分。"

她的字迹与生命轨迹一样,分割,裂变,前后风格迥异。有时候我觉得她早年的字迹与语文老师极像,翩若惊鸿,宛若游龙。只是笔触更夸张,仿佛不是写字,而是画画,一种艺术家式的饱含深情。后来,也许是为了叫我看懂,也许是为了叫别人看懂,总之她的字不得不一笔一画,工整明确,以完成实际的信息传递。

直到今天她仍以这样的字体抄写各种信息。股票代码,银行卡号,家里的 wifi 密码,养生保健的食物名单……每一个字都再未行云流水过。我也曾异想天开，想象自己拿着纸笔去与她说："你用从前的字体写给我看看嘛。"可到底只是想象。绝无可能为这样的小事开口，我在她面前早早丧失了提要求的能力。心里也很清楚。总是回不去的。

与花合影是我们家的传统。外公从前研究摄影，老照片立在床头柜，压在写字台玻璃板下，更藏满一本又一本厚重相簿。我见过许多母亲年轻时的照片：有时候她裹一身轻纱，背后是盛放的剑兰与墙上一幅《奥菲利亚》，整个人似也要融入画中；又有时候穿海魂衫，紧身牛仔裤，大把卷发挽起来又洒脱几缕，面目如玉，只一点口红。进入青春期，成人面目逐渐显山露水，全家人就都惊讶于我们的外貌相像——看到旧照片，就说："你妈与你长得真像。"看到我的新照片，就说："呀，怎么这么像你妈妈。"偶尔穿她从前的衣服，众人也一愣："啧啧，一模一样。"

也有一次，就那一次。（当然是在我生病之后。我重病之前，她断不会以这样的口气与我分享这种事的。）她捧了照片在手里，默默凝视一回，又笑着与我看："我年轻时还挺漂亮的，对吧？"也像是自言自语。像是在讲另一个不相干的人的事情。

我是同意的，但我没有回答。

时光与老胶片具有某种神奇柔化功能。再怎样穷凶极恶之徒，印在朦胧轮廓里，仿佛也没那么可憎。她的美貌有目共睹，虽为我继承后大打折扣。她看我自然是充满缺憾的：睫毛不够长，膝盖不够直，皮肤一晒就黑，还总过敏或长痘……到处都是毛病。每一样都巨大，深重，无药可救。仿佛大张巨额账单，白纸黑字贴了一身的债，此生都绝无可能还清的。

这叫我有种危机感。不仅仅因为她的蔑视，也因为被太多人提醒过，于是总觉得看到她就像看到三十年后的自己。洗完澡吹头发，她进来看见地上落发丝丝缕缕，就破口大骂，说我自私，脏，又嫌我动作慢，"多少次叫你剪头发你不剪。留着顶屁用？就只会给我们添麻烦。我年轻时头发比你还多，也没有你这样金贵！"那几年她储备干部的清闲岗位业已取消，托外公的关系，才好不容易谋得一个机会去职工医院的挂号窗口做收费员。上班忙碌，她剪很短的头发，背后望去雌雄莫辨。退休后蓄长，稀疏发丝几乎已盖不住头皮。

手也是。老照片里她拉提琴，敲扬琴，弹古筝，十指翻飞的样子……后来也不是同一双手。每年冬天长冻疮，肿胀溃烂，消退后剩下混沌淤青癜痕，一堆虚浮的泡泡肉。我初中第一次长冻疮，叫她看见，也嫌弃我不爱惜自己："你小时候学画画，哪个老师见了不说你手指又细又长，不学琴可惜了的？居然会长成今天这鬼样子。"越说越气。其实不用提醒，我但凡想到会变成她那样，惶恐已占满了心。夜来红肿痛痒，无所适从，愈发急得落泪，又偷偷擦干净。

太多了。当然不仅仅是外貌而已。回头想想，好像我这一身上下，这些年做过的所有事，从没有叫她满意过。从来没有。始终摸不到那条足够她点头称是的基准线,又或许这样的线根本不存在——如镜中花水中月,只是我自己一厢情愿怀抱的幻觉。印象深刻的是小学二年级,晚上她来看我。一进门,鞋子未脱,站在玄关先冷笑说:"只考了九十二分,气得我连饭都没吃呢。"当时就以为她真的没吃。因为我的原因叫她挨饿……觉得自己罪孽深重,无地自容。

那时候已会怕。怕每天晚饭后楼道里响起脚步声,钥匙转动门锁声,扑面而来是她挑剔的眼神。在此之前的等待因而煎熬。我在不开灯的黑暗房间里走来走去,心脏如垂死挣扎的雏鸟跳得凄惶。期望黑暗将我吸收,地面生出大裂口将我吞噬。也好过与她相见。

是有过好时光的吧。或许也是有的……似乎每一个愤世嫉俗的人都曾拥有太过崇高无垢的理想,或太过出色的曾经。他们的嘴有多毒,心里就有多苦——后来的我认为这接近某种真理。

很早的时候,父亲还在上海工作,她还没被优渥体制扫地出门。事情仿佛还是会有些区别的。还不至于那样歇斯底里而失控的。

父亲写来信,寄来新衣,绘本,雕成竖琴与花朵形状的酒心巧克力,还有风铃,音乐盒,洋娃娃……她就一样样点数与我看。口气里有宠爱。又有时候父亲带我出去玩,回来后与大家讲游轮上看见的日出,飞机上的美味牛肉干,她听了也一样会笑。我翻她的梳妆台,发现有重重精美雕花的化妆盒,打开三层,各色粉膏的色调潋滟,质地细腻,堪称风情万种。我拿小刷子捣了又捣,在自己脸上涂涂抹抹,酡红唇彩有妖娆香气,浓黑睫毛膏糊了满眼。每次都以为自己偷偷藏好了。之后想想，怎么可能呢？一盘好东西早被我玩得稀烂。她却也从来没有说。

也会一起去郊外写生，赏花，放风筝，拍照。田野嫩绿鹅黄，树梢繁花春意盈满，桃花水灵，藤萝袅娜，蔷薇绚烂欲笑。那样无拘无束的生命力……与家养花卉非常不一样的。空气中充盈着草木嫩芽的清灼气息，淡青色的天穹与溶溶流云一起倒影在明净的池塘中。偶尔有燕子掠过，水面一点涟漪即来自它们轻快乌润的尾羽。她牵着我，教我有关花的典故，父亲手里则握着丝线，迎着风一直跑下去，那风筝就穿越云端飞得很高。但那也终究是少数。风筝被挂在墙上静止的时刻，总比飞上晴空的时间要多很多。至后来，它就被从墙上取下，彻底收纳起来，我再也没见过。

五

　　花园里不常有父亲。父亲原是不属于这里的。

　　父亲见我的机会要少些。不知是否这一原因，他常拿许多问题试探我。五岁时我上绘画班。因为新升到高级班，下课时间变晚，我想到回家后赶不上看动画片，就在公交车上哭。他问我："那你是要画画，还是要看动画片？"我认真思考很久，做出非常艰难的决定："我要画画。"他就大悦，拿这事情与许多人说。

　　也是那个年纪，有一回他与母亲吵架。那时候他就爱一走了之。多日后回来，母亲不在，我窝在角落里看书。他就蹲在身边问我："你喜欢爸爸还是妈妈？"我想了想，说："爸爸。"至少爸爸给我买漂亮的衣服，好看的书。带我出去玩，说笑话逗我。我笑得前仰后合，他就搂住我一起笑。母亲看见了就生气："笑得难看死了！疯疯癫癫，一点样子没有。你就不能文雅一点？再不许这么笑。"（可我改不掉。）

　　他迟疑一回。又问："你是不是在我面前说喜欢爸爸，在你妈妈面前说喜欢妈妈？"我摇头。目光没有离开书本，心里却很惊讶。

还可以这样？喜欢就是喜欢，不喜欢就是不喜欢，答案只有一个，怎会因为问的人不同就不同了？

遗传是很奇怪的东西。我的长相肖似母亲，脾气却像父亲。或许因为他们俩都强势，各自占据不愿出让的势力，在我身上也要如此映射。小时候倒罢了。长大后，父亲就常说："你这脾气真是与我一模一样。"——语气无奈，又有几分得意。

母亲娇媚，而我冷淡。母亲保守，而我激进。母亲细细碎碎有讲不完的话，而我能不说就不说。母亲习惯于发泄、求助，我却尽可能独立解决一切问题，避免表达自己的需求。母亲对亲密之人严苛而对不相干之人宽容，我却截然相反，对生人总无法轻信，情意只愿倾注在自己认为值得的人身上。

父亲认为这都是他的功劳。当年是，如今依旧是。

我们的历程确实大有相似之处。一样在祖辈手中辗转着长大，一样早早开始独自生活，一样借着机会把自己放逐出去，远离所谓的亲人与故乡，搏一个自己都看不见也并不真正相信的前程……我的机会是高考，他的机会是战争。那场在西南边陲如雨季闪电一般反复摩擦角力的自卫反击战。用他自己的话说："当时想着，反正就这一条命，也没别的。我若活着回来，那倒罢了。我若死了，他们全家光荣。"

他当然没有死。也未能带回显而易见的光荣。但那自力更生的，不愿与他人挂碍的，甚至是打碎牙和血吞的作风，已埋至深不可测处,贯入每一个生生不息的细胞中。幼年时听他说过不止一次,是如何在颠簸的大卡车里闷头度过数日,如何在抵达军营的深夜倒头就睡,全然不计较腐臭发霉的稻草铺与乱窜的蚊虫老鼠。如何在翌日一早醒来,与同样好奇兴奋的伙伴们推开门张望,又是如何为扑面而来的无穷无尽青山升起隐约的失望与落寞。如何在雷暴肆虐压顶的夜晚只身站岗,如何发觉自己饥饿而枯乏的消化道将日复一日的面条由"最爱"定位为"此生再也不想见到的食物",又是如何在军令下硬着头皮操作野战炮,即使双耳被震得鲜血直流……

那时候还很小。但听着,就忍不住会想,那时候他一定很难过吧。一定很辛苦,很害怕,很无助吧,可是却无法与任何人言说。我小心翼翼问他:"那怎么办呢?"生怕触痛他的伤口。他就倏然笑起来,答我:"那能怎么办呢? 只能自己扛过来。"

所以他是知道的。发生在我身上的一切,他不是不知道。他知道沉默不代表认同,不求助不代表没有问题发生,暴露伤口不代表感觉不到痛。但知道也并没有什么用。主动投喂给我的关心从来不少,只是与我想要的总不太一样——吃穿用度,都给我最好的,无论需要他付出或牺牲什么,他也都在所不辞的。但我真正想要获得帮助的那部分,却是鲜少能收到回音的。

我在学校受了欺负,哭着回家来。他见了,就正色说:"怎么可以哭呢? 你是女孩,更加应当坚强。"

我给生病的同学送作业本,回家晚了,母亲认为我是在外面疯玩,又训斥我两小时。我不懂得辩解,直到同学家长打电话来才真相大白。没有人向我道歉,认错,他又用那轻松的语调来对我说:"有则改之,无则加勉嘛。"

我在手背上划下一道深深的口子,快结疤了,他们才发现。我说是用刀剥石榴时不小心弄伤,他就严厉地批评我:"你看看!所以说还是你做事做少了,才这样笨手笨脚的。"

这不怪他。毕竟他和同辈的大多数人一样,生命中的阴影源自饥饿,匮乏,时局动荡,以及未知的疾病带来的苦痛与死亡。对他们来说,物质上的富足稳妥就已是理想的全部,已直接与"快乐"等同。即使主动告诉他们,快乐还存在别的定义,他们往往也难以理解——正如我们这一代中的许多人难以理解他们对"稳定""节俭"那近乎魔怔的执着。要他们主动去想,去感知,去察觉,不是更难吗?

他有他的衡量标准。比如,我小时候不爱说话,不爱与陌生人打招呼,他就觉得我胆小,非常不好。直至七岁上下,我去上海小住,见到他曾经的老师,后来的上司,叫她安婆婆。安婆婆听说我读过四大名著,就携了我的手细细问我。我于是站在她床前,绘声绘色给她讲宝黛初见,晴雯补裘,三英战吕布,煮酒论英雄。一个个报出《红楼梦》里的丫鬟名字,又介绍《三国演义》里那文武群臣。及至她满口叫好,再问:"那梁山泊一百零八好汉呢?"我就摇头,一个字也说不出。我不看《水浒传》。也不知是从何而起的直觉,拿到手上就觉得不喜欢。红楼里有儿女情深，花谢花飞，我喜欢。三国里有文韬武略，天下大势，我也喜欢。西游……西游大约没有小孩子不喜欢的。三本书被翻得旧损，唯有《水浒传》还是全新的。

我很紧张。以为她会失望，却也没有。她不过嘱咐我两句，说《水浒》也好看的，不妨去读读看。口气仍是欢喜亲厚的。她生了病，不好出门，全身上下皮肤为黑腻斑块侵蚀，好似火舌细细舔舐过，又如斑驳墙皮般混杂剥落。她与父亲说："你这女儿会有出息的。这么多孩子见过我，就她当真一点不害怕。"安婆婆的话叫他较为信服。他问我："你不怕么？"我摇头，我是真的不怕。他这才释然，从此不再批评我胆小。

安婆婆年年捎来礼物。却没见到我有出息就去世了——大约在我初中时候。为此父母又有一场争吵。父亲要去奔丧，可他的钱都在母亲手里。母亲说什么也不愿掏钱。父亲震怒，一拳捶碎整面窗玻璃，头也不回走了出去。剩下一地碎玻璃碴，母亲嚎啕大哭。

我很怕。可父亲回来后，却又与我说，母亲不易，要多多体谅她。叫我不要惹她生气。我不懂。

别人家的孩子大约都希望父母在一起，亲密无间的。我却不。我有时候倒希望父亲和母亲离远些的好。父亲爱我，也爱母亲，可他的爱总有一股蛮力，有时候也无法同时爱我们两个人……我与母亲龃龉时，他总帮母亲。有些明明说好的事，因为母亲介入，也会前功尽弃。或许母亲的话对他来说非常重要，一如当年的安婆婆。

他生命里为数不多的值得托付真心的人，他在她们面前变得非常谦恭柔软。而我终究还是太小了。

六

所以我还是最爱外公外婆。父亲对我好,母亲对我好,都是有要求有条件的,只外公外婆没有。旁人也夸我,也对我好。可没有人能胜过我的外公。

他其实并不是温和慈祥的老人家。话少,却掷地有声,发起脾气来更是天雷怒火,谁都不敢吭声的。父亲说他不与外婆亲近,是因为嫌弃外婆没文化;不与女儿们亲近,是因为生了四个净是女儿,终归想要儿子的。至我这一辈,表姐不在身边,表弟又姗姗来迟。他偏爱我,或许因为我很好,或许因为没得选择。

但也都不重要。无论出于什么原因,他对我最好。我是知道的。小表弟出生,冰雪可爱,也养在身边,他反倒不太有好脸色。众人就纳罕:"不是说我们家重男轻女。只是好不容易有个男孩儿,样样都不差别人什么。他怎么就看不顺眼呢?"

我摘过那么多花,还弄死他的水仙。因为看到书中说唐明皇曾送虢国夫人十二盆红水仙,我就好奇,想到自己还从未见过红水仙。找了他写字帖的红墨水,灌了满满一针筒,一口气注射到刚抽薹的水仙花蕾里去。水仙于是挂着一抹残红，就此香消玉殒。那一个冬天，家里没有水仙花的香气。他仍不与我发脾气。

我画画，他就站在旁边看。我写东西，写好了，他也拿去欣赏，站在窗前细细翻阅。尤其喜欢我画中国画——我画山水，他就与我讲"江山如此多娇"；我画梅花，他就与我讲"疏影横斜水清浅，暗香浮动月黄昏"。画好的画被他裱起来，挂得家里到处都是。书房是老梅，卧室是牡丹，客厅是一幅仿《芥子园画谱》里的山水图。那么大，盈满半面墙壁，人人要抬头观瞻。我自己看着也不好意思了。

那时候常有人来串门。大包小包，点头哈腰。见了画，就问："孙女画的？"外公说是。对方遂一个劲地夸好，这也好那也好，天上有地下无。仿佛我无论画什么，他们都会觉得很好的。

后来外公死了。房子废弃，没有人住了。所有家具几乎都被挪了位置，只有那些画还在。纵然皆被风摧，边边角角都翻卷起来，白底子显露出十分脆弱黯黄的颜色。却都还在。

外公死去的时候，我一滴眼泪也没有流。安安静静磕头，烧纸，帮父亲照应打点，搀扶痛哭不止的母亲与姨妈们。他重病太久，人人都认同死是一种解脱。可他们还是哭。

很奇怪，后来总是为与自己不相干的人与事流泪。看动画片，听歌，读书，俱如此，及至真正有共鸣的片段，却只是心里无限酸涩，那泪却掉不出来。

我最后看到他是在殡仪馆。因为是夏天，等亲戚们聚齐，尸体已停放太久，只能冷冻。揭下白布来，丝丝冒着白烟寒气，他的面部骨骼肌肉已变形，嘴角斜着呲开来，露出大排雪白整齐的牙齿，有点像惊骇震怒，又有点像笑。但到底是一种空无一物的平静。众人不忍直视，多泪眼模糊背过脸去，只有我盯着看了很久。

我在微博上讲过这一段。有人说，哭并不是为了死去的人，乃是为了活着的自己。又有人说，我们不哭，只是反射弧太长。长到长长的引线尚未将炸弹点燃，中途已自己嗤嗤地熄灭了。我觉得他们说得甚好。

但后来我读萧红的书。别的倒罢了，见她说祖父死了，我眼眶一热，心头激荡，六神无主。我知道那感觉。外公死了，外婆死了，花园也死了。天下就当真再不存在无条件包容我的去处，无条件爱我的人了。

如果没有过这一切，如果没有见识过那些鸟语花香，草木春深，那些爱与包容……如果都没有过，于我会不会是更好？

或许是的。如果没有那些，我或许就不会一个人终日流连于书房与阳台，不需要伙伴也不需要吃喝玩乐。不会有那样的记忆——把自己整个埋在书橱里，浑然不觉日影飞去，又搬大本古书垫在脚下，伸手去取高处更多的书。我不会将《植物名实图考》与《十日谈》一册册挖出来，发现深处还有关于某些政治争辩的，一看就该是讳莫如深的旧书。（也读得起劲。）我不会关注每一朵花的花期，每一片叶子的脉络，熟记植物们的名字并到字典里去翻查，在最细小的花蕊与种子里投注观察力，感受到无限意趣。

我不会甘于独处。不会认为文字比言语更容易表达。沉默的阅读、书写、绘画，不会成为我仿佛与生俱来的追求。我不会刻骨铭心于书本里那些不切实际的故事，开口闭口都念念不忘，不会沉醉于自己乌托邦式的想象。我不会觉得崇高如文学艺术是值得亲近的东西，不会不知天高地厚地想要去追求其中的一席之地。

花儿不会成为我的保护色。我不会养成那直到今天仍无法戒除的怪癖——周身穿的衣裳，用的物件，只能是花朵图案，仿佛一座随身携带的花园，各式各样的花叶交错。柔软瑰丽的裙裾一直倾泻到脚边，引来路人侧目。我不会在不好意思之余感受到更多安全：只一垂头，就能看见它们绽放的样子，因此觉得千疮百孔的生活还是可以再坚持一下的。

母亲的责罚不会那样煎熬。不爱的人，不感兴趣的事，不会那样难以忍受。

七

我一次也没有梦见过儿时的花园。一次也没有。也绝少梦见外公外婆。他们死于同年,前后只差三两个月。竟不像是一对闹了一辈子别扭的老夫妻该有的告别模式。

外公家被迅速清空。家里种的那么多花都去了哪里,没有人说得清楚。有的被送人,有的被父母与姨妈们分掉,有的无人照拂,自顾自也就死了。

小区内的住户多已搬走。因所属单位之破败,地理位置之尴尬,它只能注定衰落。意图活着的人总要活下去,另觅生路,而剩下的就只能坐以待毙。昔日欣欣向荣的大花园,如今看去好似一具僵尸——壳子还是那个壳子,却早已没了活色生香的丝丝热气。水塔、喷泉、影院、游乐场……一切都健在,却永远停留在二十世纪九十年代,那由盛转衰的时刻。油漆驳落,涂装褪色,金属的关节仓皇生锈……倒是中心的大花园里,杂草们波涛汹涌,遮天蔽日。唯独它们散发着汹涌的生命力。

回不去的地方才有资格成为故里。

八

停下吧。停下吧。回忆该到此为止了。无论你是否乐意，有多少遗憾或不甘愿，那过去的日子总不会再来了。

说什么人生不要后悔，说什么愿岁月无可回头。那是只有少年意气者才相信的。又像是逞强 —— 如果就是有那么多两难的选择、无奈的角落、错综复杂的关卡 …… 摆在面前，真的能保证自己的判断一定就是最合理的吗？且以永日，于漫漫的绵长的余生回想起来，真的不会因为曾放弃或疏忽的更优解感到一丝一毫落寞，心底萌生"要是当初……"的念头吗？

《一代宗师》里，宫二的人生终于要到了最后。漆黑底色里她的轮廓仍有少女的倔强轻灵，却又蕴含老油画般的凝练厚重。她声音轻轻地说，都是赌气的话："人生若不后悔，该多无趣啊。"脸那么清冷，嘴唇那么红。

不要怀疑。即使已失却了最初形态，你的人生仍是根植于这一切之上。该长的那部分迟早会长出来，正如该落下的也总会落下。命运从来不是人定胜天，而是尽人事，知天命 —— 凭你手头所有的去争取做到更好。我们无法互相比较，无法互相替代。

你要做的是像一株植物那样，平静地生长。即使生于泥泞，也一样可以开出无垢的花。即使扎根于不见天日的深渊里，也从不折损向光生长的本性。

即使你很痛，那收集在心里、展露在眼前的，也一样可以是美好的东西。

迷藏

一

我的导师在饭桌上提问:"没有歧视的意思。只是想了解一下——你们身体都好的吧?有没有什么疾病——比如肝炎,心脏病之类的?"

即将成为我学弟学妹的人都笑答:"没有!"

导师很满意,前趋的上半身就退回去,又拿起了酒杯:"我想也是,不过白问一句,年年研究生复试都有体检的。"他指一指我与师姐,"你们每一年的体检结果,我都会仔细看的。"

"您说得对,身体是革命的本钱。"有人附和。

师母说:"哎哟!可别在你们老师面前说这个。身体是革命的本钱?他要知道这个就好了——你们看看他每天喝多少呢。闹什么革命,五脏六腑先要罢工造反了。"

大家就恰到好处地笑起来了。

我也跟着笑。心里想的是另外一回事。体检不会检查精神状态与心理问题的。他们都不知道我有过。纵检查,我也知道该怎么得出"正常"的结果。那些量表与测试……量表与测试不过都是照着选项填罢了。

（不能这样想。我已经是个正常人了。我在学习做一个正常人，且做得很好。）

说到身体健康，导师又提到我的外公。

"她的外公，我以前的校长，那身体是真的好。我过年时还给他打过电话呢，声如洪钟……是不是？"他掉转头来问我，"是不是？外公如今身体也很好吧？"

"最近已经不是很好了。"我笑着淡淡地说。导师听了，就把目光移开了。新的话题很快又插进来。

这是出院后的第二年。我坐在人群里，看上去很正常。时间很快。

有大约两三年的时间，我觉得自己像是做了一场梦。从前记忆里的种种并不真实存在，眼目所见的当下才是合理的：外公就该是缠绵病榻、脾气暴躁的，父母就该是小心翼翼、欲言又止的，朋友就该是不存在的，学业就该是平淡顺遂的，而我就该是胸无大志、反应迟钝、谨言慎行、唯唯诺诺的。从前的一切不过都是妄想，是幻觉，是药物带给我的副作用——临毕业前，医生大约看我已脸熟，放心给我开了大批的药。我把它们装在行李箱中，从一个城市带到另一个城市，藏在抽屉深处，无人发觉时偷偷摸出一颗来吃掉。

也有安眠药。辗转反侧，四下俱寂，睁开眼是无边黑夜。你要想睡，黑夜是最佳的催化剂。要不想睡，则它也是最紧逼的催命符——你睁大眼睛凝视它，它也报以同样漆黑空洞的视线。窥探你。包围你。茉茉在对面的床上已经睡熟，发出均匀的呼吸声，我就觉得压力当头，为自己的不自律与不安分感到可耻。

（别人都能睡着，为什么只有我不行？）

遂蹑手蹑脚爬起来，摁亮手电筒，吃一颗安眠药。头终于变沉。思维终于缓和。我昏昏进入另一个世界，仍是天崩地裂，电光石火，拼命拼命跑……

也因此怀疑是梦中经历与现实颠倒——水深火热的逃亡才是现实，我吃的药，我身处的这个新环境，我所思考的诸多诡怪问题，才是梦。可如果真的是一场梦，我为什么要吃药？

（不要回头看。我记得出院那天老阿姨说的话……不要回头看。）

那也是记忆缺席的几年。不是说对当下，而是对过去——记忆出现大片空格，留白，以"开始吃药"为分界线，我无法确切记得在此之前发生的一切。越是久远的事，童年，越是记得较为清楚，越是近旁的事，大学、卧病……反而越是模糊，混乱，残缺，支离破碎。记忆在此展现它格外高超的筛选能力，帮我把某些关键项目屏蔽掉。

像一段明明用过的胶卷。拿出来看时，却发现曝了光，用尽手段也无法还原曾记录下的当时风光，一颦一笑。又像是搬家临行前的房间，明明什么都在的，却被打包收纳起来，一一严密封锁。我使出大力气，却只抠起边缘一条缝，眯着眼大致能窥见一点个中轮廓。想照这些微轮廓去摸索里面到底是什么……却总是不得要领，总是失败的。

选择性失忆。医生说这非常正常。即使是正常人，也有可能出现的症状。大脑内的学习与记忆由海马体负责，如果某个短期记忆引发强烈的压力反应，海马体会主动切断这根神经链接。"一种自我保护机制。"他说，"你未必有感觉，可你身体的各个部分，各个机能，却都是出于'求生欲'而存在的。"

阿晚也说："我妈说我幼儿园中班的时候被关过小黑屋。但我根本不记得有过这样的事。想想也很奇怪——小班的事我记得，大班的事我也记得，之前之后都记得。只有那一年上中班时发生过什么，我一点印象也没有。"

我点点头，她到底知道了我的病。那一年寒假同学聚会，包厢里热火朝天，我记得危言搂着他新交的女朋友，挨个过来与我们介绍。几个男生窃窃私语：这是第几个了？不知道。年前我见到时还是另一个……抬起头来，倒是都顺着酒杯，一叠声祝上白头偕老。V站到离我最近的地方，于划拳打牌的喧哗声中以非常孤独的姿态唱完了《说谎》和《比我幸福》。我有些触动，知道面前这个人曾与我有过什么剪不断理还乱的情感纠葛，但具体却想不起来究竟是什么——正如我看着大学毕业的班级合影，竟发现自己叫不出一众同学的名字。阿晚坐另一侧，歌声终了，她就重新拾起刚才的话题，口气是漫不经心的。

"大二那年你突然发消息来,喊我去看你,我也并不知道是发生了什么。更不知道你后来病得那样重。"她垂一回头,"其实我已经买好了车票,可你又说不用了。"

有这回事吗?我并不记得。但她既然这样说,总不至于是无中生有。"如果我知道你当时的境况,也不会给你发那样的信息的。"我说。

阿晚的那几年其实并不比我好过。这也是从最近这一场谈话中,我才知道的。本科期间她一直在看心理咨询,但具体缘由是什么,她一直语焉不详,我又非常不擅长探问的。记得的只是她摇头晃脑地与我从失忆讨论到应激障碍,再到斯德哥尔摩综合征。"太普遍了,"她说,"很多人都有。心理障碍可比我们想象中要容易发生得多。比如我对我妈,绝对有。"

其实我内心是拒绝相信的。她拥有的难道不是叫我一度羡慕嫉妒的家庭关系吗?直到这一刻,她朋友圈里的最新照片仍是与父母自驾游的随拍,寥寥措辞非常可爱非常跳脱……可谁说生活一定是表面看上去的那样呢?

我以为一切只是她之于容貌所遭遇的那些挫折。中学时她发胖,身形臃肿,许多男生聚众嘲笑她丑陋,给她取外号,叫非洲老母猪。又编造种种不堪的流言在年级里散播。小孩子使起坏来,比大人更没有分寸。聪明人使起坏来,也是比普通的坏更可怕数倍的。但在那一定的年龄与境遇里,这样的"坏"仿佛必然会出现——像是某种基于人性深处的蠢蠢欲动，又像是趁机对新世界的探索。如果后续没有贻害，那是不幸中之万幸；如有，那也非常顺理成章——有过"当年"的铺垫，就像是生命里模糊投下的一片阴影，后来的阳光不能将之驱散，总是情有可原的。

她读大学期间，几乎拍遍京城内所有影楼，孜孜不倦在社交网络上发写真照。古风、玄幻、制服、cosplay……妆面细腻，精修画面无懈可击，有点像当初写在试卷上无懈可击的证明题答案。又疯狂节食，不吃饭，恶劣的饮食习惯维持许多年。就连这一次聚餐，她也目光逡巡："我已经四十几个小时没有进食过了。"

我因此感到愧疚。那时候男生们对她起哄，我非但没阻止，竟也曾不知轻重地参与过。我真的以为她足够坚强，不在乎，就像表面上显露出来的那样。又时常念及她在我面前的犀利唇舌，不留情面，于是也觉得可以同样方式对待她。她说自家母亲也与她开类似玩笑。"你怎么会长得这么胖。看你们班××多苗条，那才该是我女儿。"她说，"你穿个羽绒服，可以直接从学校门口的下坡滚回家来了。"

"其实你没有他们说的那么丑。"——与她说这话，是发自真心的。她有圆圆眼睛，圆圆脸庞，笑起来露出一对酒窝。她听了，笑笑："我的大学同学也都这么说。"就不肯再聊下去，迅速把话题岔开。

是。如果把视线从自己身上挪开，抬起眼去环顾四周，会发现谁都不是空白的。谁都没能来得及，谁都没有十分懂得。

二

让我来告诉你,我所记得的出院之后那两年的事情。

我记得那个暑假的天日仿佛格外长。出院之际父亲仿佛一身轻松,他信心百倍地对香樟君说:"她妈妈看了很多有关抑郁症的东西。我们对接下来的休养很有信心。"

是,可信心是他们的,并不是我的。我每日不过是在床上躺着,吃药,吃他们调配好的据说能调理血气的清淡饮食,闭门不出,不被允许参与任何亲友间的走动与交流。听他们用各种不好听的话抱怨医院的不负责——怎么可以每天输液呢?看看人都肿成什么样子,扎针扎出血管炎都不知道。怎么可以吃那么多奇怪的药呢?是药三分毒,甚至还有抗癫痫的药,不过是因为你有身体颤抖的症状罢了。怎么从来也不带你运动呢?收费明细上明明写着有健身设备和活动室的开支。怎么可能叫人放心安全地住下去呢?什么样的人都混在一起,闹出医患事故是迟早的事……

我很想大叫。想摔了东西,大声叫他们住口。我已厌倦他们的方式了——从来只在自家屋檐下喋喋不休地数落各种不满,到了人前,却畏首畏尾,从不敢为自己的所思所想声张一句。有种出去杠正面啊,对住我抱怨天抱怨地,这算什么? 公平与恩慈会自己从天而降么? ——可我仍是连完整的句子都说不出来。我加倍恨自己没用。

母亲又拿了她摘抄的笔记给我看。"好多名人都得过这个病的!"她口气听上去竟很像是种炫耀,"你看看,你看看。丘吉尔、戴安娜……"从明星,到政商名流,长长的一个名单。我仔细看了。从事文学艺术的名家竟一个也没有,一个也没有。他们不是人么? 还是说他们的病根本不算是病? 还是说他们根本不是值得炫耀的"名人""榜样"?

母亲一开始要我每天出去散步。"我去买菜,你就跟我一起到菜市场走走。"但这提案只实施了一次,就没了然后。她去买黄鳝,与人讨价还价良久,杀鱼的人剖出一地污血横流,周遭拥挤喧哗如刀枪刺耳,我的头又剧烈胀痛。出了集贸市场,走到一半,她到底不放心,找了一家超市要求给那袋黄鳝过秤——"说好的两斤,怎么才一斤四两?!"她站在人潮熙攘的超市门口就叫喊起来,"怎么这么坏! 怎么可以这么坏!"

她要回去找那卖黄鳝的人论理。转身匆匆走出几步,才想起还有个我。我眼前发黑,胸腔仿佛要炸裂开一般,肋骨与肺叶互相挤压冲撞。体内与外界的气体无法及时交换,感觉自己像一只被塞住的漏斗。手脚发麻,天旋地转。母亲喊我。我无法应声。喊着喊着,她的声音终于变了调,带着哭腔摇晃我。

不去了。不去了不去了。

我们花了三倍于来时的时间,才终于回到家中。她打电话给父亲,仍是带着哭腔的,楚楚可怜的样子,任谁听了都会心疼的。"我不知道她会这么严重……"

(你的信心呢?你们的信心呢?为什么第一时间想要剖白的,不是过失,不是负疚,而是"不知者无罪"的无辜呢?)

他们依旧时常吵架。和多年前争吵的理由没有什么不同——他又出去加班不回来吃饭了。她竟擅作主张把他的股票卖掉了。他居然偷偷跑去帮他那老不死的娘修水管去了……但凡兴头上来,一地鸡毛蒜皮都可成为吵架的突破口。

(是真的不相爱吗?童年时我所见到的琴瑟在御,莫不静好,难道都是幻影与错觉吗?)

我忍无可忍,买一张火车票,转身去找正在外地实习的香樟君。没有行李,只抓了几盒药,拔腿就走。那么热的天,风也像是蒸笼里掀起的风。香樟君轻轻抱我:"会好的。"他说,"不要怕,你还有我,我会和你一起的。"

那一刻忽然就觉得这个场面似曾相识。仿佛之前也有某个夏天,有个高大男生俯下身来拥抱我……是谁?是因为什么?我的大脑一片混乱。他为什么从我身边消失了?

转瞬即逝的幻影。仿佛风掠过水面,阳光搅动潋滟的耀眼的波,每一道都飘忽不定，欲说还休。可那风停了，它们就又隐去了。

我在香樟君的住处待了一周。他妈妈来看他，发现我，他就坦然而如实地说。他不认为抑郁症是羞耻的事情，没有必要隐瞒或避讳，也相信他的母亲一定能理解他与我。

可这一回他或许错了。他的妈妈上上下下地打量我。那目光里仿佛有某些叫我很熟悉的成分——我在大学班主任的目光里也见到过。

"做人要开心，你说是不是？"她说，"你们还年轻……你一个人跑出来，你的爸爸妈妈会担心你的。"她又说。

她还说了什么？我也不记得了。或许是我不想记得……只记得她出了钱，给我买火车票，一叠声地将我送走。愚笨如我，也知道她的客气背后真正想说的是什么。这太好理解了，天下所有的母亲大约都会这样想的。

那时候我就以为我与香樟君不会有然后了。我仿佛也这样送别过别的人……（是谁？近在咫尺，可就是想不起来了。）

但他没能让我得逞。他疯狂地打电话，与我种种解释、辩白，又哭又闹。他要我给他一个机会，说他与母亲也一样吵过闹过，不会让这样的事再发生在我身上。那典型的偶像剧里的台词……

能怎么办？当然是原谅他。我一直是不太懂得主动选择的。我不懂得如何去爱，如何主动地追求、示好，只能在主动靠近我的人中被动地接受。也很清楚自己是一个废人。一个废人，自然没什么特别好计较的。从前是，那时候依旧是。

今后会怎么样,我不知道。是出于何种原因叫他锲而不舍,我也不知道。他所说的一切是否能做到,我也不知道。但就那一刻而言,我感谢他没有逃避,更没有放弃我。

我于是又在家待了一段时间。父母终于有所重视,不再争执吵闹。暑假结束的时候,我也害怕回到学校。害怕又为班主任不屑一顾的眼光所扫荡,活在一片看似真空的压抑里……临行的那几天,我惊跳,吃不下饭,身体抖得如一把筛子,双手抓得四处血痕。母亲看了,或许再次被吓到,深夜里我睡不着,连续几个小时在床上僵硬战栗,双眼直直盯着天花板。她终于肯俯下身来牵我的手,借着窗外一点朦胧月色哄我——又是带着哭腔的——"不去了,那就不去了。"

倒是父亲呵斥她:"瞎说什么!"他看着我,嘴里翻来覆去仍是那几句话,坚强点,坚强点。就只剩一年了。他提醒我无论如何总得拿到学位证——上大学无非也就是为了这个。

啊,他们是有信心的。可我没有。虽然我曾经是有过的……对他们的这一把信心,是什么时候消磨殆尽的?不知道,或许是在母亲发现黄鳝被短斤少两的时候。或许是父亲最后一次摔断我电话的时候。或许是他们横眉指责我根本不该有休学之念想的时候。或许是在报名表和裙子都无限接近属于我,一眨眼又被撤走的时候。或许是更早,朝母亲跪下的那一刻……我不知道。扪心自问,我一直不知道。也不重要了。如将死之人，其实并无必要去介意到底是怎么死的。

我只是无法接受父亲后来的说辞。多年后我与他争吵，平复下来后，不知怎么就提及这些往事。他的复述是另一个版本。"你当初说要休学，我可是完全同意你的。可那些手续证明总得你自己去办是不是？总要有人去办的。我们又不懂。"他如是说。

我不知道哪个版本是对的。或许根本是我记错了。我是很擅长自我怀疑的。

那么不如归去罢。即使在格格不入的环境里煎熬，好歹也有选择避而远之的自由。好过一边日日将我藏着掖着，仿佛见不得天光的羞耻累赘；一边又讳莫如深，三缄其口，以自以为高明的方式督促我尽快恢复正常。

仍没有人疏导我。没有人发现在肉眼看不见的地方有伤口。又或者即使发现了，也没有人知道该怎么办。连香樟君也只是说："你来，你来，你到我身边来。我什么地方做得不好，你打我骂我。我相信你一定能好起来。即使好不了，也没有关系的。真的。"

人心本就是很遥远的东西。人生本就是千疮百孔的。我终于承认，终于接受自己不可奢望更多。有这些，就够了。

三

回校后的状态与我想的有些不同。

仿佛一夜间什么规则都没有了,什么明察秋毫都没有了。清晨不用出操,夜来不用查寝,不再有人敲着门来盘问是否有逃避晚自习的人了。学期表上一门课也无,宿舍里却少见闲聊或刷剧的同学。要么考研,要么找工作。人人都要为自己的前途做一点肉眼可见的打算。有人早出晚归,有人西装革履,有人开始在宿舍楼下贴广告,校园论坛上发帖子,提前进入二手闲置清仓甩卖,为即将到来的远走高飞筹一笔费用。

我也开始卖东西。但不是为了轻装上阵,也不是为了路费。我只是想做点什么,让自己看上去较从前不一样——痴迷过,求不得过,不知所措过,头破血流过。回来的人,会想要弃暗投明,重新开始,或许也是很好理解的。

卖书。除了那套十一岁起就陪伴左右的《红楼梦》,外公书架上摘来的《唐诗鉴赏辞典》,其余的全都挂出去。不太畅销,到最后干脆当成废纸卖。

卖衣服。卖掉衣橱里那些昂贵的枝繁叶茂，花团锦簇。人家对半砍价，我懒得回嘴，兴致到了也卖。开始穿十五块一件的毛边T恤，胶印硕大字母口号，人字拖与全是破洞的牛仔裤。想让自己看上去很酷，一种平凡的酷——随时可席地而坐，说什么都像开玩笑的那种。我长胖了。一身浮肿的肉消不掉，内衣裤紧绷绷箍在身上。整张脸也都变形——两腮赘肉横生，上眼皮也被浮肿压得垮陷。搭配无神双眼，暗淡唇色，走在人群里算得是丑。

头发不好卖，不然也卖了。那么长……剪到及肩长度。理发师捏着剪刀的手颤抖，围着我再三确认："你要剪这么短？你确定？剪掉可就回不来了……等一下，你为什么要剪？"

香樟君还在旁边等。我被问得不耐烦，没好气地说："反正不是因为失恋。"理发师终于讪讪地住了口。

对，我记得那时候也很容易与香樟君闹别扭。我丧失发脾气的能力，又总觉得他离我太近了，近到不可思议，对我不是真实的喜爱、认可，而是基于怜悯和得过且过的收留。我们几乎没有共同兴趣，成长经历大相径庭，他喜欢的也不该是我这个类型——我知道他的恋爱经历，他从来都喜欢那些开朗的、利索的、英姿飒爽的女孩子。而我阴冷，脆弱，被动，郁郁寡欢……有很长很长一段时间，我不能理解他为什么会接受并认定这样的我。

我总问他愚蠢的问题，从前的我根本不屑一顾的那种。比如：你喜欢我什么？他说不上来，我就皱眉，自言自语："总觉得你是不会喜欢我的。"

很容易为他的一句话就生气。彻底不理他。电话不接，留言不回，自己把自己藏起来，叫他急得跳脚。好不容易找到我，就像拎小鸡一样被拎出来盘问。我不吭声，不作任何表情，他就抓狂，目眦欲裂，捶胸顿足，脸涨得通红。想尽一切办法逼问我，非要我表态、申诉、解释或反驳。我受到惊吓，难受起来，拳头握紧，呼吸急促，全身上下发抖，张开嘴又闭上。就换他后悔，停下来抚摸我，一叠声安慰："不怕不怕。"

我不知道这种时候可以说话的，也不知道可以说什么。我从小就格外不爱争辩的，即使被冤枉，被误解，也总以沉默相对。稍大一点，就觉得争吵太可怕了。像我的父母那样，恨不得用尽全身力气诅咒对方去死……

也从来没有人给过我吵架的机会，没有人教我。父母不会给我发言的权利，他们说我是什么，我就必须是什么。V 也不会，他索性整个避免了争吵，将冲突拒之门外。至于阿晚与鸿雁……她们在我面前仿佛都有些弱势，因而也吵不起来的。

只有香樟君要与我吵。不得到我的反馈，在他那里就不算是结束。太过痛苦的体验——撬开我的嘴，要我说明一切，难受程度不啻于把我架在火上烤。我一天不说，他就等一天。两天不说，他就等两天。总之绝不会不了了之，就此善罢甘休。我好不容易挤出几个字，他就总有办法再挤出几个——然后就是大量的分析探讨，动之以情，晓之以理，非常耐心非常细致。说给我听了，还要再一次确认：怎么样？ 知道吗？ 好不好？

我从未见过任何一个人如他这样坚定不移地刨根究底，知无不言言无不尽。之前没有，之后也没有。

有时候也愧疚。在他的坦荡和坚持面前自惭形秽。觉得自己无理取闹，给他添麻烦。又说不出道歉的话，只好缩在角落里，抓着他的手哀哀地哭。倒要他来劝我，拿小把戏与可爱的话逗我。他的额头抵在我的额头上，苦笑也是轻轻的。

"两个在地球上活得好艰难的小动物。去火星，会不会好一点？"

"我相信你。你那么好。会越来越好的。"

我记得他陪我在自习室里看复习资料。我裹着毯子，仍是病恹恹样子，他督促我每隔半小时要起来活动休息。冬日阳光淡泊，穿越楼前灰白竹林，对面操场上球赛的哨声在光与尘中跳跃。中午去二食堂吃茄子炒饭，名字怪异，外形也一团混沌，吃在嘴里却有酸甜的别样口味……

我其实仍不知道自己的方向在哪儿。年龄太小，刚过十八岁。又这一身病，找工作并没有人要。考研吧，也不知道能考去哪里，考场上我总是屡战屡败……倒是母亲，早早打过电话来指点我填报志愿。她语气焦急又吞吐，赔着笑背后是很容易被察觉的暴躁："对，就是那家研究所……那个所长当年是外公的学生。你倒是说啊，你愿不愿意报？"

我想也没想。我有什么想头？有什么愿意不愿意？都已经是这样了。只能是按着别人说的，按部就班来罢了。我说："好。"

　　麻木不仁地复习了几个月，之后又不太记得了。大约就是坐火车沿长江而下，父亲带我去登门拜访。所长大人家里的落地窗把本就穿得不甚光鲜的父亲活生生映照成捉襟见肘的样子。父亲脸上有我从未见过的讨好。

　　也许是看在父亲面上，我考试的运气终于稍微好了一回。进了复试，笔试环节竟拿下第二名，叫导师心花怒放，一连串的饭局于是接踵而来。导师说结果既已八九不离十，自然要先混个脸熟——他每年都是这么做的。

　　我不介意其他人拿我当关系户看。某种程度上，我确实是。即使不是，人生在世，偏见也会始终伴随每一个人。这不是头一遭，我也该习惯了。

四

　　昆虫的发育方式分为数种。外部形态，内部结构，各种行为习性都发生改变，用专业术语来形容，叫做"变态"。有完全变态，有不完全变态。有的循序渐进，有的伤筋动骨。但无论哪一种，都是幼虫长大变为成虫的必经之路。

　　有时候我觉得自己也像一条虫子。成长的大手反复揉搓，叫我已活生生蜕了一层皮。是从软萌无害变成人人喊打，还是从面目狰狞变成光彩夺目？不知道。在这问题上，我自己是没有发言权的。

　　倒不得不承认那是比预想中更好的生活。终于不再有死记硬背的基础课程，不再是分数至上的论位排座。仅有的几门课程都以实践为主，结业时写论文，翻译文献，指认植物，都是我擅长的东西。因为身处研究所，学生数量本就稀少，索性统一当做职工看待，私生活也就无人干涉。导师阔绰，又走亲民路线，于学生们总额外厚待一些，叫其他课题组的人也羡慕。我的研究方向是观赏植物，某种新引种而来的观赏花卉，花叶兼美而秉性刁钻；实验基地里上百个品种，从形态到栽培到亲缘关系，需一一予以观察、操作、分析、关注。

也好。心无旁骛，该做什么做什么。我只想摒弃一切杂音，埋头做那些力所能及的。

宿舍被重重山林包裹。夏天热，冬天冷，若逢连绵阴雨，连木梳与热水瓶塞都会发霉，更有各种蜈蚣马蜂之类的危险昆虫出没。但乐趣也多——早晨常被啄木鸟唤醒，夜来见过流萤，一点柠檬色微光竟飞到我的胸口。有时候埋头做实验，大组数据看得疲倦，去园子里逛一圈就会好。三月的树木园里有深山含笑、天目玉兰，一树树如烟霞皓雪。五月的蔷薇园千朵万朵压枝低，开成随时可飞坠的艳。六七月绣球映照梅雨，硕大流丽花团几欲亲吻倒影。九月彼岸花满地血红不掺一点杂质，叫人由不得不想起生死忘川。十二月蜡梅沿着宿舍门口的小路开遍，隔着清寒阳光望去如打碎满枝晶莹透亮的金子，香气凛冽沁人肺腑……

世上常见是名和利，难得是良辰美景。

我因此心里格外感恩一些。总觉得此等良辰美景，本不是我这样的人目所能及的，也变得很小心。生怕被人厌恶、排斥、嫌弃。开学报到前一天，给师姐发长长的短信，请她多多包涵，多多指教。或许措辞太过谦卑恭谨，倒叫她不好意思，见了面也有些尴尬无措。对于外界发生的诸般不如意，别人提出的诸般请求，总不好意思说一个"不"。

一起去逛街吗？我心里说，不。口中却说，好的。

下午过来帮我做实验吧。我心里说,不。口中却说,好的。

茉茉看新闻。长吁短叹,说她的母校有成绩优异的女孩高考失利,继而自杀。"怎么会想到去杀自己呢? 实在是不值得,活下去才有希望啊。"又多说几句,"不光如此,那些自残的人,我也是不能理解的。拿刀割自己不疼吗?"

我只听着,一声不吭。

茉茉是我的新室友,她已经是非常好的人了。我们一起交换看书,从《枕草子》到《小王子》。食堂的菜少而贵,阿猫阿狗都不吃,我们就去实验基地里偷采各种野菜与花果充饥。取七草熬粥,青翠;玉兰煎片,柔腻;桂花酿蜜,甜醉;木芙蓉与嫩豆腐烹"雪霁羹",果真露红烟紫如雪后初霁……日子过得月朗风清,百般有滋味。难得的是口味相同,审美也接近,有一种不言自明的默契。

但在有些问题上,我认为还是保持沉默更为合理。前有阿晚,后有鸿雁,或许中学时代无端被陷害的阴影仍在,我始终无法恰如其分地处理好女性之间的友情。此刻我们君子之交淡如水,就很好。如果非要选择,我宁愿在自己周身砌一圈高高的墙,别人不要进来,我也不打算出去。

糟糕透顶的人际关系是什么样,我已见识过。不想再见识第二次。

这一状态维持了很长时间。一直到毕业工作后。我总不爱表态,别人给我什么,我就做什么。非要挨个站出来发言,也总要推托到最后一个。又生怕给别人添麻烦，动不动就自我批评自我反省。最爱说"谢谢""不好意思""对不起"，即使明明是该说"没关系""不要紧"的场合，也总是很容易说错。

师姐请我帮忙收集文献资料。设计师同事请我帮忙调整文案字数。我总下意识说："不好意思。"她们就都诧异："你有什么不好意思的？这话该我说吧。真是奇怪。"

这是有些奇怪。他们非但看不出我的异态，竟还都觉得我脾气好，有分寸，做事靠谱，待人温和。渐渐会有人拿他们的心事来与我说。读研时的床位，工作后的工位，都承载过他人的眼泪。爱上学弟的同性恋学长，实验进展不顺自觉前途无望的学妹，纠结是否要离婚的会计姐姐，家中生意濒临倒闭而负债累累的程序员同事……我倾听他们的叹息甚至悲泣，尽可能地帮助纾解。当他们由衷发出"好多了"的感慨，我就觉得自己仿佛也获得了慰藉的。

唯独绝对不做的是谈论自己。绝不谈论"我"——我仍身负恶鬼，我没有控制它消灭它的信心，因此不能现出原形来。难道还需要开口尝试么？从导师，到茉茉，到香樟君的妈妈，甚至我自己的父亲母亲……在我开口之前，他们俱已表过态，或直接或曲折。没有哪一个正常人生来就甘愿与恶鬼共处。纵使善良，纵使心态开放，纵使能力高超……也都不能够。

我们都是凡人，趋利避害是我们的天性。他们希望远离失控的、残缺的、有风险的个体，正如当年的我希望被接纳，被理解。无非都是想为自己谋一个更好的后果。

只是有过那么一回。母亲打电话来，不记得是因为什么事，我们在电话里吵起来。我失控，对着话筒破口大骂——我终于获得勇气与她对骂。挂了电话，才想起这是在实验室，师弟还坐在我对面，手里抱着他闲暇时用来弹唱的吉他。我们有过一阵短暂的沉默，而后他开口说："师姐对自己的父母也很不客气呢。"

事已至此，我也不想掩饰什么。恹恹地笑着答他，是呢——可他为什么要说"也"？

"因为我也是呀。"他说话时自始至终背对着我，"从上高中起，就没给过我一分钱啦。大学学费都是我自己贷款。害得我那几年还……还得了神经衰弱——当然他们是不知道的。你要不打这个电话，我都想不起来，我已经有四年没回过家啦。"

有那么一瞬，我想告诉他，我也病倒过。可为什么我没能说出口？

stigma。病耻感。据说是源自希腊语的词汇，原是"烙印"之意。一如中国古代那些被流放的犯人，脸上刺字，作为标记，无论走多远都不会被洗脱。

承认吧。承认那样的羞耻感是切实存在的。在被问及身体康健的时候，在被反复教化"做人要开心"的时候，在听闻对自杀者的不理解的时候，在被当成包袱遮遮掩掩藏起来的时候，甚至是……甚至是每一个面对陌生人的时刻，需要流露个人情感的时候。都会觉得自己是罪恶的、不健全的、有所欺瞒的。想坦白，却无力面对坦白带来的风险。想忽略不计，却又没有足够释然，烙印始终存在，真相始终如鲠在喉。

又何止是精神疾病而已呢？无论什么人，自从被判断为"有病"的那一刻起，就已经是弱势群体中的一员：你是有缺陷的、不正常的，甚至是危险的。你因此需要被治愈，被同情，被远离。旁人若不介意，那是他们慈悲；若介意，那才是理所应当的。

这是梦中延续不休的追逐与逃亡。一场说不清道不明的迷藏——有时我藏起来，有时它藏起来，有时那些深渊过往藏起来。此消彼长，反复试探，难解难分。我索性装成聋子哑巴，头往沙堆里一埋，就此坚信自己整个人都被埋藏，再不可能被麻烦找到。

真情流露是可耻的。与众不同是可耻的。为了保全自我，为了避免再一次被推到悬崖边，被黑洞吞没，我必须藏起来。

五

生，非我所愿。死，亦非我所愿。但无论何种方式的死里逃生，都会让当事人产生某些不易得来的感想。比如，会觉得自己的性命来之不易，需好好珍惜；也可能是觉得人力有限，存亡成败不过是天命授意，因此对无可奈何之事不再强求。更容易敬畏，更容易认怂。非要自己亲历过了，才明白界限所在——所谓软弱，所谓淡泊，不过都是抢在别人前面承认了自己的力所不能及。

会有一种叫"求生欲"的东西被激发出来。既不能寻死，就只能求生，我不知道别人如何，但我自己是决不想再停留在那生不如死的境地里了。

那几年里与父母几乎不再有什么交流。起初他们也会旁敲侧击地探问，身体是否无恙，但就是绝口不提有关疾病或服药的关键词语——仿佛是怕我无力承受，又像是他们的一贯作风：对自己不想面对的事情总耻于开口，只当没发生过。

倒是我对他们很快变得凶狠乖戾：凡听得一个不入耳不顺心的

字眼，甚至有时候连这样的字眼都不需要 —— 只是他们找我说话，我就觉得嫌恶，痛恨，屏幕或听筒的这一头恼羞成怒。一定要拣不好听的话去怼他们，阴阳怪气或暴跳如雷，直接挂掉电话或离线不回复，一如许多年来他们曾对我做过的。有时连续几个月不与他们说话。他们也不敢来找，只好去问香樟君。香樟君也不敢惊动我，往往要很久以后，挑我状态好的间隙，才婉转提一两句。

我心里仿佛有很多恨。自己也奇怪这些恨都是从哪里来的。非常强烈的憎恨与报复心……拉杂摧烧之也不为过。就是不想叫他们如愿，就是想要让他们也尝尝无故被刺伤，惶惶不可终日的滋味。

也尽可能不回家。只寒假过年回去，大部分时间也都去小姨家住，去同学聚会，去看外公外婆……外公得的是慢性病，终日卧床，脾气逐渐变得暴躁，见谁都没有好脸色。一会破口大骂说给他吃的药都是要害死他，一会又打电话给远方亲戚，说几个女儿限制他的饮食，叫他饭都吃不饱，一天到晚挨饿。身形皮骨到言行举止，俨然变作另外一个人；我却仍愿意坐在他床头看他，听他讲话，他语焉不详，颠三倒四，有时甚至把口中食物直接喷吐一地 —— 我也眉毛都不皱一下。

大姨小姨见了，都啧啧赞叹："小玫瑰到底是对外公外婆最好。"

也不尽然。久病床前无孝子，我知道这话，能做的只是在有限的时间里尽量对他好。我也是劫后余生的人，沉舟侧畔，脑子渐渐清楚，我希望去尽可能回复世间曾投注于我身上的诸多情仇爱恨。那对我好的，我自然也要加倍对他们好，赴汤蹈火在所不辞。对我不好，叫我创痛的，我不主动去挑衅，但若对方踏足我的领域，我也一定恶狠狠打击报复。

于是那个家里的一切就开始颠倒。掉头发终于不会挨骂了；刷牙不弯腰，洗脸溅出水花，也终于不会被认为是上升到人格高度的恶劣行径了。十八年来连绵不绝的喊打喊杀，在这个家中终于不复存在了。他们的眼光与语气中皆有一种细微的试探，察言观色——我若镇定寻常，那倒罢了。一旦感知到我流露出的任何负面情绪，他们就即刻退缩，避让，噤若寒蝉。

尤为突出的是母亲：她忽然变得非常弱势，和气，柔软。（但这也仅限于在我面前。与父亲，与姨妈们，与尚未过世的外公外婆，仍是她独有的愤怒高声调。）从前她是打我的拳头，现今是被打的一团棉花。偶尔接触的片段里，她就总像邀功一般，这里那里拎一些小事出来讲，跃跃地期待我认可与表扬：

"你还记得外公家的石榴吗？我搬到家里来种，结的果已经有乒乓球大小啦。"

"我给你爸爸剪了个头，他说比外面剪得还好呢。"

"今天炒的土豆丝我放了咖喱粉，你尝尝有没有不一样。"

"……"

我记得有一回我拿柔肤水擦脸，用过的化妆棉随手扔在桌台上。她进来，看见了，就问那是否我用完不要的。我立刻紧张，以为她又要训斥我乱扔东西，却见她拈起一片，好声好气问我："你用的什么水？我也可以用吗？"我就将那瓶子指给她看。化妆棉仍湿着。她喃喃说，还有很多呀。一面将它对半撕开，在自己脸上抹起来。中间层的棉絮脱落了，像鸟儿挣扎后掉落的无辜绒羽，又像拒绝消融的细小雪花，狼狈贴在她面颊上。她无知无觉，只是憨笑。牵扯出眼角一大束皱纹，又轻声问我："怎么样？"

我没说话。准确来说，我完全不知道该说什么。忽然就有酸楚液体从胸腔一路上涌，挤压着我的喉咙叫我发不出声音来。

父亲呢？父亲反而很少问我。除了一句"还好吗"，从前的种种探问就都没有。他开始用大量他感兴趣的话题填充我们的对话——门口的路修了半年还没修好，公交车也都绕道走。国家医药改革，他在吃的药可报销百分之八十，只是每个月只能开一次药。家里新添置了电饼铛与电蚊拍，都很好用，建议我们也买。看新闻说我所在的城市又要新开通两条地铁线路，从此去哪哪都很方便……

是我的错觉吗？总觉得他的话音最后有落寞。洋洋洒洒说完所有后，站在他认为的高度点评一番之后，留下就是双方的不知所措。他再没有问过我"你妈妈不在，有没有什么想跟我说的"，也不再指点我的生活。往事如逡巡的野兽在领地边缘戒备警视，凡无意两败俱伤者，均不敢越雷池一步。

我们之间一定非要这样不可吗？就不可以有互相尊重，深入，坦诚交流的状态么？——仿佛是真的非此不可的。一如中学时代生物课本上就说明过的案例，一条只要试图逃脱笼子就会被电击的狗，即使断掉电流，也不敢再主动往笼外走。

母亲当初说得对：养我不如养条狗——"狗还知道跟主人摇尾巴哩。你呢？成日摆个冷脸是给谁看？"指责我与他们不亲近。我面子上不露出什么，心里却自责。我真的是一个冷血动物么？

是我后知后觉。也许因为爱，也许因为软弱，也许因为盲目。经年累月的创伤曾为我自己所无视，以为无论怎样都能包容，吞咽，消化。殊不知，它们一一沉淀在体内，如强电流烧灼过的烙印，在漫长时光中腐化，溃烂，结了痂又渗出残血与脓液，直至今日仍无法复原如初。但凡听闻一切与他们有关的讯息，整个人就要不好，更毋提面对面的相处。伤口被唤醒，隐隐作痛，全身每一处汗毛都林立起来，草木皆兵，鼻息间发出呼吸急促的嗒嗒声音。

也不光是对他们。对香樟君，对任何可能触碰我内心的人与事，都持十二分的戒备怀疑态度。想到自己曾被这个世界的善意遗弃，就无法不恨……巨大恨意戳破体表，长出一根根极尖锐的刺，对所有试图靠近的人都摆出剑拔弩张的姿态。没有商量的余地。也不需要判断来人意欲爱抚还是伤害。

"像在外流浪被欺负很久的小动物。真的只是想爱抚她，喂她吃一点好东西，可是还会被咬。稍微一点不顺她的心意，她就把身子弓起来，小尖牙露出来，全身的毛都乍起来。显得自己很凶狠的样子。明明想吃那个好东西，却非要担惊受怕，不准我们靠近。"——香樟君如是说。

又说:"你已经长大了。不需要再怕他们了。"

他一直扮演我与父母之间沟通桥梁的角色。有时被我发现,我也动怒,再三喝令他离他们远一点,心里其实是怕,怕他和我一样被他们的负面能量侵染干扰。他却坚持,如当年坚持站在我身边那般。

倒是父亲知道了,沉默良久,低低地与香樟君说:"她不可能不怕的。直到我家那老头子去世,我也还是怕他。就是有这么怪。"他说的是他的父亲。同辈兄弟三人,只有他从小被过继给未婚的姑姑,又跟着老祖母在上海长大。"双亲"之于他的概念一样遥远而模糊。多年后归来,自家父母已不认为有这样一个儿子。他一样被排斥,一样被折辱。结婚时非但毫无支持,更是索性以此为正当理由将他扫地出门。他彻底伤了心,从此有五六年不与他们说话。即使路上迎面遇见,也要调头绕道走。也正因此,他觉得亏欠我的母亲。

我想起他与我讲曾祖母去世的事。来到家里的族人太多,出殡当晚他索性睡在曾祖母死去的床上。姑奶奶见了,就惊呼:"你不怕么?"他一脸无挂碍:"有什么怕的,自家奶奶。"

历史怎会这样相似呢? 那置身其中的人明明自己也领略过,却为何还要重蹈覆辙呢?

是魔咒吧。像是跳不出的轮回,往复循环的魔咒。母亲曾拥有叫她引以为荣的一切，美貌、才艺、闲情逸致……却都在那一轮时代的洪流中被零落成泥碾作尘，大浪淘沙般逝去了。她因此把希望尽数倾注于我，不许我再出现任何差池，一定帮她续上那个未完成的公主梦——想要成全我却生生撕碎了我。

父亲曾被掐断血脉相连的羁绊，自我放逐，孑然一身，在边缘化的钢索上行走。他因此想要珍惜上天赐予他的我，一股蛮力要把他认为最好的给我，用他认为最佳的方式锻造我磨炼我——却也一样无情地推远了我。

己所不欲，勿施于人。可施加于人的若是自己的欲求，就一定好么？

一环套一环的悲剧，一环套一环的无止休。他们以为在推动我的人生朝康庄大道前行，却忘了那是他们的方向，而不是我的。齿轮咬合，天衣无缝，能规划出的不过是他们的秩序，不是我的。

我不能不对他们狠心。不然他们就会对我狠心。若有选择，谁愿意这样做？

提刀四顾，谁都不是胜利者。

有时午夜梦回，旧事排山倒海而来。我就抱住香樟君哭。哭完，又暗暗地说："我一定不要像他们那样。"香樟君就轻轻抚我的背，"你不会的。"他说，"你不会的。"

我一点信心也没有。这只是一个愿望，不是一个目标。

学法语的时候听过一首歌，叫《Elle rentrait de l'école》。

里面有一段歌词，翻译成中文大约是：她想起母亲，她自言自语。绝不，我绝不要过这样的生活。有人说上有苍穹，天使会听到她的心愿……

我才不相信有什么天使。如果有，我的病会是必然的吗？天下那么多人的苦难与不能够，都是必然的吗？都是活该吗？

六

毕业那年我拿到本所唯一的奖学金，和中学时作文拿大奖一样，都有种受宠若惊的感觉……觉得自己并没有做什么，受之有愧。但父母的电话却频繁起来。反复的祝贺之外，更加紧提醒我所内正在招聘硕士毕业生。连香樟君也忍不住说："你爸爸前两天又发消息来，要我劝劝你，趁热打铁，好留下来工作。"

我一律当没听见。

三年前的重创到底没能叫他们彻底放手。一如三年的静养没能教会我安分守己——江山易改，本性难移，古话是这样说的。

不是没有人向往这样的工作机会。两个岗位，据说收到两百余份简历——老师们闲聊至此，皆摇头做不可思议状。也不是不知道留下来的好，工资不是太高，也不是太低。胜在工作纯粹稳定，后期又可转入编制，放眼望去或可直接看到一生尽头。在其中待的时间长了，的确会有种错觉，觉得人生本该如此，如植物般纯粹，顺其自然，春生夏长，秋收冬藏。许多老师与研究人员脸上都有与世无争的底调。上班下班，都是慢悠悠的。

有时候我想起小时候在外公家，逢上班时间，路上的大人也都是类似步调，类似表情。一路上花木深深，广播台里清歌袅袅。一种这样的现世安稳岁月静好可永无止境的错觉……怎么可能呢？那一个时代的覆灭，我看得清楚，我的父母是如何忍耐、退缩、随波逐流、一点点放弃直至扭曲……对时势的安排言听计从。为了所谓的"安全"，一点点退缩到最后的连立足之地都不存在的角落里。他们不是不知道自己想要什么，却那么自然而然地，就选择放弃了。

我不想再在导师的桌子上被灌酒；不想说每一句话都要论资排辈，察言观色；不想再在学术会议后被赶去唱歌跳舞，和所有强颜欢笑的女同学一样，被大腹便便的领导们牵起手，他们的可撑船的肚腩顶住我腰前方的全部空间，混沌酒气喷到我脸上……那样的生活，对我来说是不可以的。

换做三五年前，大约会妥协吧，觉得没有什么好争的。只能是这样了。我不可能配得上更好的。可如今……是因为死过一次，所以更想不遗余力地活吗？是因为不知不觉中终于长成了母亲所谓的硬的翅膀，所以更想去青空之上看一看吗？

到底是哪里来的坚持与勇气呢？难道不应该是什么都没有了吗，为什么反而比以前更清晰、更坚决呢？

没有办法。身体已抢在我的头脑前先行做出了反应。它们一贯如此，跳过中枢神经直接下定判断。或许也只有到两手空空了，山穷水尽了，万念俱灰了，才能分明听见它们的判断。它们说：你要走。你不要留在这里。你要拔腿远去，否则你不会甘心。

七

我的毕业很顺利。三年下来，画皮不曾被戳破。那一年恰逢香樟君升职，调至上海接手主管工作。我跟着去，一开始也只是想应聘些花卉园艺类的公司，却不料很快找到一份新媒体编辑的工作——从此往后，就又是一篇新的故事了。

最后一枚药片是什么时候吃掉的，已不记得了。或许是在研二。只记得自己以很不科学的方式渐渐停了药——没有医嘱，没有复诊，吃着吃着，自己也就忘记。我想要这病和它留在我身上的伤疤一样，在时间摩挲中逐渐淡化。因此总有意无意地遗忘，舍弃，驱赶，若这些都做不到，就尽力掩藏它。

母亲为了遮掩割脉的疤痕，拿外婆留下的老珍珠串成密密的一串，绑在我手腕上。香樟君去云南出差，又送我一只银镯作为礼物。我就日日戴着。后来再未取下。多少年了，疤痕已褪得很淡很淡，但若吃力，仍会生疼。

身体渐渐清瘦下来。五官开始往原有的轮廓生长，又回到与母亲相似的形态。花丛中待得久了，到底还是喜欢，碎花图案又不知不觉回到我身上，多一点安全感总是好的。本性难移……是，本性难移。

也有些其他的后遗症。又或许是没有痊愈——噩梦仍一直做，头痛也时有时无。植物神经紊乱表现在身体的各个方面，以前从不晕车的我，变得很容易眩晕。压力一大，吃东西就容易不消化，上不吐下不泻，只是肠胃郁结，半夜需要忍耐肠痉挛引发的剧烈绞痛。难过或生气的情绪上来，手脚就发麻，大脑紧张惶恐，无法正常思考。相伴的是不自觉的身体抽搐。该想不起来的仍是想不起来。

我没有勇气回头去找昔年看顾我的那些医生。太远了。无论物理距离上还是心路历程上。新生活已开启数年，也不敢再去寻觅新的医护。总有种感觉，一旦再迈进医院，就还是我输了，那暗无天日的日子又要回来了。宁愿把自己关锁，躲起来，假装过去的一切都不存在。又像每一个自以为觅得藏身之处的小孩子，眼一闭，心一横，默念：你找不到我。你找不到我。

你不要回头。你不要回头。你但行好事。你莫问前途。

余烬

一

你的体内像是有一个黑洞。有时飘忽不定,隐晦不可见,叫人摸不着边;有时又汹涌、猖狂,冒上来吞噬你这个本体。又有点像养着一个鬼、一头野兽。有时候它沉睡,与你相安无事,叫你以为它仿佛根本不存在;有时候失控起来,力大无穷,掀个天翻地覆,非要与你同归于尽不可。

那么不可控的能量,超出你想象与承受范围的能量……明明为你的气血滋养着,却完全不打算有丝毫顺从。

会害怕吧,自然是会害怕的。人总是害怕一切脱离自身认知与掌控的事物。所以才有宗教、封锁、屠杀、面对死亡的战栗……想尽各种方法要将那令人害怕的东西消除。残酷、冷漠、狭隘……一切都是为了自保。

可我们都错了。害怕会一直存在,就像身后那追住我不放的神秘力量,如影随形。被它再次缠上、绑定,是我想也不敢想的事情——可如果我不跑呢?

如若发现,逃无可逃,天涯海角都一定会被追上呢?

如果想摆脱的那东西,一直以来就是你自己的一部分呢? 如黑洞潜伏于体内,猛兽以你的血肉为食……分割不开。

若非迫不得已,谁愿意回头正视它?

二

我是怎么感觉到它又回到我身边来了的？很难说。积累的过程如聚沙成塔，你若拆开来看，只怕没有哪一粒沙子是至关重要的。是要等那恰到好处的一阵风，一个浪前来，它就垮塌一地，溃不成军，这才明白过来：原来通往崩溃的过程早就开始了。

若有旁观的人看了，或许就要叹息："为什么没有早一点发现问题所在呢？"

就像香樟君会焦急地说："有什么不开心的地方，你感觉到了，要第一时间说出来的呀。"——可我偏偏说不出来。

我的反应实在太慢了。像每一个曾长时间在枪林弹雨里求生的人，始终活在无从抗争之逆境里的人……习惯了没有时间抱怨，没有时间止步，没有时间抚着伤口哀哀地哭。习惯了逆来顺受，最擅长的技能是如何在恶劣环境里以手头仅有的条件去自力更生。上天给多少，我们就承受多少。不叫自己怀抱任何冗余的希望，自始至终相信的，只有自己的手。摔了一跤，爬起来。第一反应是继续往前跑。不跑会被追上的呀。不跑也没有人来扶你的呀。往往是要跑出几里路，危机不再四伏，才惊觉自己身上有个伤口，火辣辣地疼。

能怎么办呢？仍然是不管它。

所以，可以不要责怪我吗？不要因为我的笨拙，迟钝与沉默而责怪我。我也多想像你们一样，摔倒了，爬起来从容不迫地掸去身上的灰，为伤筋动骨之处哀号、流泪，好好发泄一回。清理过了，休息过了，再上阵。那才是正常人该有的反应，是长治久安的方式。我不是不知道的。

但这一次，那在我身上撞出伤口的，让我摔倒的，是另一些东西了。我原打算以既往的方式来处理，却发现这样好像行不通。或许你听了要更觉得意外——我以为一切都尘埃落定了，不会再有新的风浪被掀起来了，毕竟我对生活已不再抱有任何期待。却不想它超乎意料地变好，好到让我觉得不像是真的。

正是那些"好"的东西，竟又成了负担，如小溪汇入大海，又一次掀起我体内的海啸来。

三

　　语文老师对我说过的那一句"不要放弃写作"，我以为自己早早就忘了。却不想这么多年来，竟当真从未停止过写东西。

　　写日记。写诗与影评贴在博客上。写有关植物的小品文为园艺机构供稿。写轻松的科普与生活中的点滴感悟，在知识问答网站上发布……以为已干涸殆尽的河流，或许仍在以某种方式行进。阿晚在同一个网站上看到，还特地跑来问我："以前不觉得你是很喜欢交流分享的人啊。怎么现在变得这样热情？"

　　我被问得一愣。许久后才想明白：不，不是她所看见的那样。身为产品经理的她看见的是一个活跃用户，而我……我并不是因为喜欢与人分享、交流，才这样活跃的。我只是想写东西——遇见任何一个机会，都想去写点什么。仅此而已。

　　我所谓的"写不出"，与他们理解的或许是两种样子。(知道无数文采精华的套路，却无法顺畅表达自己的心。)

　　就是这样积累起来的因缘吧。我才会得到那份新媒体编辑的工作。然后正儿八经的工作就变成写，写时令风物，四季轮转，触手可及的寻常草木里不为人知的故事……不出几个月，成了主打专题的执笔者。它们被转发点赞的次数越来越多，逐渐成为同行圈子里的致敬对象，直至今天还在不停被其他媒体转载、借用、抄袭……我如鱼得水，开始挖掘更多别的选题。领导们一开始略持保留态度，及至写了发出去，却竟收获叫我们所有人都意外的高人气。

我被升职加薪。有甲方打电话到公司来，点名希望找我合作。也有几个出版方说希望我能写本书——这是我之前每每想起，都在心中嗤笑，抽自己大耳光，认为此生绝无可能发生的事。怎么会变成真的？怎么会这么顺利？

然而是真的。那很长一段时间，仿佛都很顺利。后来也换过工作，但聚散选择大多清爽，并无真正伤筋动骨的事情发生。因为不喜欢打卡与挤地铁，最后索性辞了职在家写书，为趣味相投的品牌与刊物撰稿，收入足够养活我自己。各个网络平台上渐渐都有了数以万计的关注者，收获许多正面的私信与评论：真美呀。写得好好啊。好喜欢你啊……有些溢美之词甚至叫人看了要脸红，要自惭形秽。怎么可以用这么美好的字眼来形容我呢？

不是不觉得欢喜。但更多的仍是受宠若惊，一种好似活在梦幻中的难以置信——仿佛久旱逢甘霖，我站在雨幕中，不敢动弹，也不敢仰起头细看，更不敢转身离开，生怕自己遭遇的是一场海市蜃楼。就像过去那么多个日夜一样，假作真时真亦假，不过是由疯魔与妄想搭建出的一番梦境。

（即使只是梦境，也很好啊。这样逼真的梦……我但愿永远不要醒来。）

因此也不敢错过。任何一个采访、约稿、合作……凡是抛给我的橄榄枝，我没有不想接住的。像一个被饿了太久的人，但凡看见食物，也不论滋味，也不计较自己是否能消化，都要迫不及待地吞下肚。又一次次对那些向我表达善意的人说：谢谢。谢谢。不是复制粘贴，是手指一个一个敲出来的字。即使因为重复太多次而被系统识别为垃圾信息，提醒我发送失败，我也仍要坚持。

是。知道那根本不是什么可以兑现的成就，或许只是不经意的一句闲话，一时兴起的点评，或许明天就会被更新的信息所淹没，忘记。

但那仍是我很久没有得到过的东西。

太久了。久到已经不记得上一次是什么时候。这些年来，我总觉得自己亲历的夸奖与称赞都必然怀有某些不可告人的用意——奖学金要发给我，该是看在导师的脸面；编辑要向我约稿，只是为了填充版面的交差；领导与合作方夸奖我，只是为了给我打鸡血，鞭策我奋力工作；学弟学妹与下属们推崇我，只是为了拉近关系，从我这里获取更多有利于他们的经验与信息……

太多种可能。但绝没有一种可能是"因为我足够好"。我不相信，我认为绝对没有。

低自尊、低自信，仿佛是普遍潜伏于抑郁群体中的心理状态，叫人对自己和这世界都缺乏继续的动力。

这种不相信贯穿太久。如影随形，贯穿每一处细微的呼吸起伏，发丝肌肤，全身上下翻个底朝天，也找不出一个细胞可以例外。我依旧只凭本能在做事，而在此之中没有自信。"自信"是太过遥不可及的概念。

所以才必须珍惜。必须感恩。即使只给我很少的一点点，对我也是额外的成全。

（我曾经满盘皆输过啊。）

然后就轮到那本书出版。是关于节气与植物的水彩文集。那一年恰逢诚品书店在大陆开业，我的题材与写法他们喜欢，就放在显眼的位置卖。年终盘点，销量竟排入开业以来所有书目的前二十名。

这也是出乎意料的。出版方与他们的工作人员都很高兴。原本说好不做任何线下见面的活动，但编辑觉得机会难得，劝我还是去做一场读者交流会。我呢？我整个人几乎都是虚的——每一条神经都晕乎乎，于不可思议的感激中丧失了基本的判断能力，也并不觉得自己还有什么选择余地。她们说我有能力去做，那我就去做。好不容易获得的信任与肯定，怎能让对方失望呢。

只是很没有底气。想到大好场地届时恐怕无人问津，出版方和书店的筹备要入不敷出，就算有人愿意来看我，只怕也要大失所望……不会再有一件好事发生。我已得到了这么多，再多的好事不会发生在我身上了。因此要连累到旁的人，就觉得愧疚，不安，胆战心惊。

香樟君无论如何劝慰都无用。有网友提前在微博上给我打气，鼓励我不要紧张，也没有用。演讲稿写了又删，删了又写，一个星期下来仍未写完。到了最后一天我在家中坐也不是，站也不是，浑身经络都惊跳，一种兵临城下的力不从心。我甚至想过要逃跑，也实施了——头也未梳，脸也未洗，背脊上全是冷汗，只穿着拖鞋就慌慌张张跑出去。幸好有小区门口那一片盛开的晚樱拦住了我——春和景明，清风丽日，累累繁花圆满娇艳，挤得几乎看不见枝条。风一吹，红粉花瓣纷纷扬扬，飘零而下。

我就又忽然冷静下来了。

想到自己要在演讲稿里写的那些东西。我的外公，童年学画的岁月，庭院花木深深，书海里看到的字句……我要讲述的所有温柔美好事物，莫不是真切存在过的。呆站了一会儿，流了几滴眼泪，发现好像人世间也不完全都是坏事情。也有我可以尝试着去做到的事情。我若跑了，香樟君该要多着急？编辑和策划要怎么办？我早就知道不能给别人添麻烦的，这是我好不容易想得到的今天……怎么会想放弃？

这是好事，我默默教训自己。这是好事……又一阵风，如丝缎包裹我又抽走，花瓣狂舞，不遗余力。

我于是又回去。

这一段波折没敢和任何人说。说也无用——无用的东西，就不用说出来，我自己心里清楚就够了。

读者交流会如约举行。不算大的场地至少坐满了人，有风格摇滚的男生，有拎鳄鱼包的贵妇人，还有白发苍苍的老太太……甚至有许多从外地赶来的读者。策划私下问，你们从那么远的地方过来，就没有什么想问她的吗？他们就多半笑笑，摇摇头，只是很认真地看着我，听我讲。香樟君扮成工作人员混在人群里，这里那里拍照，还有人轻声问他："你是工作人员吗？你们有准备水吗？她嗓子都哑啦。要不中场休息，请她喝口水吧。"——这是他后来讲给我听的。我就惶恐，觉得他们太体贴，对我太好。

可我的表现有多糟糕啊。一直不敢笑，也不敢停顿。偶尔忘词，恨不得找个地缝钻。那些远道而来的人啊，是怎么做到心甘情愿听完这两个小时的长谈的？

还有那么多签名、合影。也叫我觉得都是不该发生的事情——谁会有兴趣取得与我有关的留念？我这样糟糕，这样不重要。散场了，编辑还拉着香樟君絮絮地夸我……可我已经待不下去。不敢说出口，就拼命给近在咫尺的他发微信：走吧。走吧。快些走吧。现在，立刻，马上，离开这里。

他开车带我回去。一上车，我就抓出卸妆油与湿纸巾来擦脸，用力擦，只盼能擦掉一层皮，把这一脸粉墨登场的矫饰，所有现场表现的不能够与不如意……都尽数擦去。然后就蜷缩在后排开始睡觉。回到家，打开门，也是直直往床头走，边走边脱，白球鞋、玫红开衫、碎花裙子、文胸内裤……赤裸裸爬上床，裹紧被子睡觉。香樟君喊我，我也不理。只记得最后转头看了一眼，那一地零落的空荡荡的衣服，像极了一个个空荡荡的我自己。

拉着窗帘，天昏地暗，睡了整整一星期。不出门，不看花，不工作，不与外界交流，只与香樟君保持最低限度的对话。吃东西了吗？没有。想吃什么？不知道。起床吗？不要。

是恐惧。是莫大的深入骨髓的恐惧。恐惧于自己虽无盛名，也其实难副，恐惧于这一切都是假象，终究都会失去。相比之下，欢喜与荣耀根本不值一提。黑洞生长起来，将方才崭露头角的它们都吞得一干二净。

四

也不是不知道这是种病态。因此不敢掉以轻心，总想着要改善它，以免重蹈覆辙。我想办法去做更多的尝试——在线的语音讲座，抛头露面的颁奖礼与分享会，需当面沟通的商务合作……有时也能感到内心蠢蠢欲动。蠢蠢欲动，如多年前站在外公家的阳台纱门后，想要参与成人世界的那些时刻……想要交流更多，想要与他人分享感情。许多次看新闻，看到网络上引发对抑郁症乃至各种精神疾病的沸腾讨论。也会敲好大一段字，发自肺腑，待要点下"发布"的那一刻，却总缺乏点下鼠标的力气。那些字有的被全选，删除。有的一直躺在草稿箱里。就像什么都没发生过。

（来。来。让我们只是看花。余者什么都不要说。这是一个可确认的安全领域，正如那一身上下的碎花，可使我埋藏其中不露声色。）

好不容易被人喜欢了，我想要叫他们不讨厌我。也已经很知道如何叫人不讨厌我。不要表露自我，不要深入挖掘，只谈论那些自己了解的、形象美好的、对任何人都不构成伤害和争议的话题。经年累月，直到所有人都评价我说：多么温柔啊。多么专注啊。仿佛我的眼中除了花草树木，诗词曲赋，就再没有别的东西。

我从不辩解。从不争论。有人骂我，我至多点击举报，却完全不想骂回去。

自己都讶异自己竟有这样的好脾气。我明明是爱憎分明、加倍奉还的人呀，何来那么多的不计较，那么多的善意？

当然也可以就维持这个人设。无关痛痒，岁月静好，就这样淡然写下去……但这是我想要的样子吗？我要死要活，长久以来磨炼自己，就是为了要活成这样的一个人吗？

仿佛并不是啊。

花开花落固然为我所爱，却绝非全部。若要过这样的日子，我何必从植物园里跑出来呢？若不能表达自我，不能直击人心，我要写来做什么用呢？只是为了换些虚名，混口饭吃吗？像那篇满分的高考作文一样，观众喜闻乐见，却根本不能说服自己……

（作家闫红说过："写文章的人，很难赢得厚道的名声。他们成天不是忙着出卖自己，就是忙着出卖别人。"）

不。不是这样的。我一点也不温柔，一点也不清淡，一点也不纯粹。我是带刺的、用力的、混沌的，一个充满缺陷的矛盾体。我不该被你们喜欢，不该因为那些看似温柔舒展的文字，妙趣横生的知识，就被当做优秀作者对待，还去参加网络平台举办的颁奖典礼。黑暗中潜伏上千双陌生的眼，我的白裙子在聚光灯下抖成一片北风里的雪花。

"一株蔓生的玫瑰。从黑暗中来,但想朝光明里去。"主持人问我想把自己比作什么样的植物。我如是说,台下就鼓掌。但我想没人明白我是什么意思。一个温柔清淡的人不该说这些 —— 可我说了,也没能说更多。站在边缘张望试探良久,到底不敢纵身一跃。

我恨我自己……恨这个并不符合你们想象,却又什么都不敢说出口的我自己。

只有不停地给自己增加工作量。不停地往前跑,试图做得更好……投入不是因为热爱,而是因为截然相反的悲观:许多人总觉得还有时间,我却总觉得要来不及。总想着,或许马上就会失去的吧。只有跑得足够快,才不会被身后黑影追上吧。只要不断积累下去,就总会有鼓起勇气开口、验明正身的那一天吧。总有办法的,总有一种方法可避开那些东西,也充分表达自己……

但不是现在。现在还没有准备好。我不想挑战自己。

(六年了。我还是没能准备好。)

那句老话是怎么说的?江山易改,本性难移。生活绕了个大圈,又回到原有的轨迹上来。仍在做当年那被禁忌的事情,仍坚信有万全之策。尤记得初次提出辞职之际,就有前辈摇头微笑:早知道有这样一天。你看上去是 soft 的人,内心却一点也不 soft。

类似的评价在别人口中也出现过。虽不多,但那一闪而过的被洞穿、被拎出来放到光天化日之下的本性……总比众口一词来得印象深刻。所以这样躲躲藏藏又是何必呢?这样辛苦,别人却一样看出来。

香樟君对我的工作状态颇有微词。独自在家,埋头苦干,日程表排得不能更满。他坚信这是超出我身体负荷的,也不利于与人交流、改善情绪的。尽管我每每总能找到话来反驳他——

"画画对我来说就是放松的事情呀。"

"有的合作方式很夹生,可人家给的价格高呀。"

"你看我要写邮件,聊微信,合作总是要交流的……怎么会没有交流?"

"天天上下班挤地铁,开会签到拉家常。总有无聊的人和事降低效率……那样的日子才叫我更不舒服呢。"

他无言以对。观察一段时间,见我果真乐在其中,收获颇丰,被他带出去冶游交际,言辞上也不见得有什么退步,就讪讪地作罢。

我并没有骗他。从小就是这样,我享受一个人的孤单远甚于一群人的狂欢。自由,独立,开阔,这是叫我呼吸自如的必需品。热闹广场上的东西对我没什么用。

可从英国回来,我却是真的病倒了。

我接受一个游学机构的邀请,去英国为他们的花卉植物艺术课程做讲师。回来之后,整个人就渐渐变得不好了。又睡很多天,仿佛根本不可能有睡醒的时日。时差明明已调整完毕,消耗的体力已恢复,可就是睡不醒,一直一直。

如你所知，同样的情况已发生过好几次。参加颁奖礼的时候，举办读者交流会的时候……繁华散场，都是如此。即使反复训练自己，即使积累出经验，大庭广众面前走一遭，还是免不了要如此。

但这一回尤其严重。都是似曾相识的症状——越来越不想说话，不想吃东西，体感变得越来越迟钝，难以分辨食物味道，手指割破不觉得疼痛，说话做事，也没了喜怒哀乐。有时全身每个关节都疼。莫名地低烧。有时自沉睡中醒来，一身虚汗，贴身衣衫被褥都湿透。

噩梦排山倒海，一个叠着一个压入我的睡眠。成群大黄蜂追着蜇我，伤口如一枚枚大图钉嵌入体内。眼睁睁看着家人在火海中被烧焦；好友被从二十六楼推下，摔得支离破碎；学校被卷入阴暗交易，女生们被一个个扒光衣服，用开水淋，用烟头烫，到处是惨绝人寰的尖叫……没有喘息余地。半夜自千方百计的逃亡中醒来，浑身都抽搐，胸腔到喉咙仿佛还弥漫着未散的血腥气。头皮硬生生地疼，仿佛有人抓住头发将我暴打一顿。香樟君抱我，安抚我，我却推开他，拳打脚踢，泣不成声。至神志恢复清醒，也向他道歉，又安慰自己：是太累了，休息一阵就会好的。

可一个月过去，情况没有变好。我也并没能好好休息——海量工作等着被处理。各种约稿，来自各种媒介，做的那么多，收获的也不少。成就感却再一次彻底丧失：留在心里的只有那些未做好的东西：

真的可以么，真的有能力做这些么？

为什么当时表现得那么差呢？如此显而易见的弊端，为何没能注意到呢？

会被讨厌的吧。

会叫人失望的吧。

都会失去的吧。想要的东西，终究是不可能得到的吧。

……

我有经验了。我知道是深黑潮水涨上来，以为它会荡回去，不料下一波却更汹涌。见我正往里面沉下去，犹嫌不够，里面更幻化出无数黑色的小手来，捂住我的嘴，摁住我的头。我依旧觉得呼救可耻，是软弱与矫情的证明，却也只能呼救了。纵在香樟君面前，唇舌也粘合紧闭，发不出声音。他等了又等，只能等到我如多年前一样，打字给他看：我很难受。我很难过。

是什么缘故呢？我们都很谨慎，反复确认良久，才敢把"抑郁"二字说出口。他默默观察我，安抚我，端一杯水来给我喝。我也伸不出手去接，踟蹰着，用尽全身力气。

皮囊还是健全的，体内却在难解难分地厮杀。刀光剑影，翻江倒海。我想奋力往岸边游去，那风浪却总比我想的更大，更瞬息万变……尚未反应过来发生了什么，这一刻已整个溺入深水区，肺腑刺痛，透明气泡奔泻，推搡之间看见湍流之上朦胧渗下来的天光。

这么近，又那么远。

五

虽然我怕得要死,但还是决定去看医生。香樟君问:"你上一次住院的病历还在吗?"

我反应不过来他在说什么。非要被再问一遍,再问一遍,才悠悠醒转,吃力思索。对他摇头。

"是不知道在哪里,还是压根就不在了?"

我很想回应他。是压根就不在。我从头到尾就没见过自己的病历,我想它们很可能被父母用某种极其隐晦的方式藏了起来……但我说不出话。嘴角微微抽动,才张开嘴却又闭上。一处反复纠结循环的 bug,好似机械关节出现故障的人偶。

他只能伸手抚我的背。语速更加放缓,再问一遍。我感激于他的耐心。"是不知道在哪里吗?"

摇头。

"是压根没有吗?"

点头。

好了。这样才能取得答案。那之后很长一段时间,对话都只能如此进行——思考不能，叙述不能，只能拿最简单的选择题来做。大脑里不像是白茫茫的积雪，倒像是冰消雪融的时候：原有的景色一点点融解，消逝，不知所踪。我很想去挽留，牢牢握在手里，却还是流走。

他挑了华东地区最好的两家医院，预约了几个最好的主任医师。过了这么久，当年与医生沟通的不快仍历历在目，我们对此都只能持更为保守谨慎的态度。尤其是我——以为自己做好准备了，破釜沉舟了，及至走到医院门口的那一刻，还是忍不住轻轻哆嗦。

现在的精神病院都不叫自己精神病院。它们一般把自己称为脑科医院，或精神卫生中心……平易近人多一点。很奇怪，我去过那么多次，见到即使是国内排得上名号的好医院，外观上仿佛也没有个好医院该有的人气——永远寡淡，永远门可罗雀，进出的人都静悄悄，从未见过有人在附近乞讨或卖艺……非要走进来了，才会知道预约席位何等紧张，挂号队伍何等绵绵不绝。一眼望去，每个人看上去也都是正常情状：四肢俱在，五官俱全。一切与多年前并无本质区别，初来者简直要以为走错了地方。

是。或许总认为在日常生活中，遇见精神病人是很低的概率吧。总倾向于识别那些疯癫的、口出狂言的、举止异常的，甚至伤害到别人的个体……并因此将他们与"危险""失控""无法理解"联系在一起。不在乎这个群体内的千差万别，不相信他们能逻辑自洽，口齿清晰，相安无事。又或者是不相信看上去循规蹈矩的自己，会离"疯子"那么近。

可是"正常"与"失常"的界限是在哪里呢？难道不都是相对而言的吗？疾病何时远离过我们呢？有哪一个再正常不过的人，敢说自己从未有过失控的可能和理由呢？

所有的医生都认为我该住院。一套套量表测试做下来，各种问诊，各种观察与判断……有的惋惜，叹问："为什么要等这么严重了才来看？"有的则见怪不怪，看出我无力回答，就索性只与香樟君交流，主语从"你"坦荡荡换作"她"。还有的也难免揶揄、嘲讽，或许是对事无巨细之提问与汇报的不耐烦——

"你来这里看病，并没有人逼你呀。"

"你想去看心理咨询，你就去呀。我们还没有服务到那个程度——挨家挨户打电话问：有没有这个需求？有没有？"

我于是住嘴。但凡察觉一星半点被羞辱的迹象，我就住嘴。身体如惊弓之鸟不自主地向后退缩，表达欲如本就找不到方向的细弱幼苗，被稳快准狠地齐头掐去，再没了任何可能。不，请不要责怪我，我是真的无法再对你们产生信任——你们每个人都如出一辙的亲切与慈眉善目，或许最初是会叫人安心的。但看得多了，就知道，那不过是一套职业化的面具，并不存在真正的感同身受可言。

我也理解的。事实上我非常理解……每天，每月，每年，要接诊流水般来去的那么多病人，形形色色，深深浅浅。谁能做到对每一个都呕心沥血呢？换做是我，我也做不到。

我知道人世太苦。因缘太深。度劫度难度一切孽债的菩萨不在我们中间。我佛慈悲,以身饲虎,那都是存在古老传说里的遗迹,不辨真假,没有理由拿它去勉强任何人。

这也是一直没有去做心理咨询的理由。我该懂得我自己了。太固执,太深冷,太戒备,太不容易被说服。又何尝有谁是被说服的呢？答案都在自己心里,有人喜欢自己去找,有人喜欢别人来挖掘,确认。

也到底还是没能住院。两处医院都床位紧张,若要入住,只能在走廊过道里加床。且现阶段几乎一律改为封闭式管理,除个别极端案例,陪护与外出俱成为不可能。我们去住院部看过两次,那条件确实是好了许多,这一点必须承认——有厚重铁门,与世隔绝,门上贴大张白纸黑字罗列探视须知条款,来访又需登记,检查,杜绝一切可能的危险来源：绳索,利器,玻璃瓷器,酒精饮料,易燃物品……安全。重要的是不被诟病的安全。

那么敞亮。到处都是敞亮的。活动室里各种健身器材,走进去,乒乓球就滚到脚边。有人在健身,有人在打瞌睡,有人在角落里玩拼图。走廊上一排大型绿植,青翠光鲜。黑板挂着今日菜单,病人们可提前挑选,吃完还能反馈评价。每个房间都有独立卫浴。更好的还有大屏电视,单人独户,护士们管叫"住包间"。

若是有钱有闲,拿这里当疗养院住,也未尝不可。可有谁会愿意在这里长住呢？无论如何精致的牢笼也依旧是牢笼……没准也是有的。我听说有人的病情并不十分严重，却总被家人歧视，吃不饱穿不暖。见了医生，就几乎要跪下来央求：求求您让我住院吧，不然当真无处可去了⋯⋯

床位空不出来，我们只能等。等待的间隙里，香樟君问我："你愿意住院吗？"

我收集起所有的理智与勇气，冷冷静静想了三天。三天后，我对他摇头。

"可是他们都说你的情况很严重⋯⋯"

我就把想到的理由，一条条写出来给他看。生性反叛，抵触权威，拒绝不走心的交流，一切被外力定点安排而趋于同质化的生活都叫我无所适从⋯⋯对，或许确实已经很坏了，但尚未丧失自理能力，且比上一次更为坚定不移地希望自己能好起来。

也能想象那扇厚重铁门后的生活：六点起床，九点睡觉，三餐定时，限制外出与交流，各种认为对康复会有效的规则与活动⋯⋯那不是我要的生活。只想一想，就觉得一天都无法忍受。宁可在放纵中自由自在地趋于灭亡，也不要为外力所提拔、训练，肉体在精神做出反应之前被强行扭转改变，于既定的框架中被塑造成一个"正常"的人。

我们于是又去找医生。

是上次嘲讽我的那名医生。这一次他似乎心情较好，而我们也较为掌握他喜欢的方式——不诉说，不提问，只等他开口要求，就将信息双手奉上。

"确定吗？"他歪着头，很仔细地打量我的脸，"有消极想法吗？"

我很花了一点力气才搞明白，"消极想法"就是"自杀倾向"。一个婉转到几近玄乎的代称。

我摇摇头。

"真的没有吗？"

我仍摇头。

他就低下头去写病历，耸耸肩："那就先不住吧。你既然否认自己有消极思想……"

我其实在骗人。我是骗了他。我可以几天几夜不吃饭，只想把自己饿死在床上。我还要香樟君把家里所有的小刀都藏起来——水果刀、美工刀，它们不动声色的锋芒毕露对我是威胁，一种无声的诱惑。必须要非常努力，才能克制住想要抓起它们割开自己的冲动。强行转移注意力，找各种理由。

这是风险吧。是对自己，也是对旁人的不负责任吧。可我没有更好的办法。或许这对我来说就是最好的：选择权仍在自己手上。须知一切健康的时刻里，我也认同那些普天适用的逻辑：不要违逆医嘱，不要隐瞒病情，不要放任自流。

可真正大难临头的时候，生命已为恶鬼吞噬大半，陷没沦落于不可知之黑洞的时候，是否仍可抱有一些私人的抉择呢？是否能够被认可，相较"康复"与"安全"而言，心里有更想保护和不让步的东西呢？即使那是在正常的逻辑看来，绝不至于重要如斯的东西。

我们领了单子，开了药，出门去。我的心因紧张仍剧烈跳动，手指僵直伸张，香樟君就一路握着我的手。附近有小学校，正逢下课，浓密树荫背后能听见孩子们兴奋的无拘无束的尖叫，广播里的音乐无邪烂漫……啊，如果早早就知道人生要面对这么多辛苦之处，即使用功读书、踏实做人，也一样要面临不可知的漫漫坎坷……还能这样无拘无束地尖叫出来吗？还会相信歌谣里故事里，那些不能更顺畅的因果吗？

秋天的太阳光飒爽亮烈。我稍一抬头，就被照出满眼泪。

六

有大约半年的时间什么都没做。也什么都不想做、不能做。工作被逐一推掉，起先觉得愧疚难当，恨自己当真是罪人，但很快也被自顾不暇的空虚失真所替代。不想听到任何来自外界的声音——赞美、批判、与我无关的寒暄与讨论……一点也不想听到。不想知道别人在做什么，也不想被别人知道。天一天一天冷下去，白昼渐短，黑夜变长。我就长久地蒙在被子里睡觉。

也鞭策自己，要振作起来。整个人被硬生生撕扯为两半——一半宁可投身黑洞，不闻不问。另一半还在用力坚持，无声高呼：不要放弃。不要放弃。

既然不肯被别人照顾，那总要自己照顾自己：按时吃药，尽可能规律饮食，并且运动。但运动对我来说已不太有用。自初中起，我就用跑步来与它对抗。长跑年年拿第一名，要靠它刺激多巴胺分泌，却恐怕早就不够了。我于是尝试唱歌，看肥皂剧，打游戏。但最喜欢的还是睡觉。即使噩梦无止息，也还是想睡觉。仿佛要把之前失眠的时间全都补回来。昏天黑地，我渴望永生的长眠。睡到天荒地老。睡到世界尽头。

村上春树说："慈悲深い暗闇。"黑暗是慈悲的东西，这种话也只有身处暗中的人才能懂得吧。真的，比之鲜花与笑靥，掌声与聚光灯，只有黑暗最叫我感觉到安全。习惯了在此之中生活，就像是在漆黑的山洞里摸索。渐渐不再关心正确的路在何处，何时抵达出口。能走到光源之下去，纯属意外——而那光，也是要叫长期处于黑暗的眼睛流泪刺痛的。

岂止不能接受，有时甚至要抗拒。这不是真的。别靠近我。我不配。

每周去一次医院。即使去了很多次，有香樟君形影不离地伴随，也还是会害怕。只要一走进那里，就觉得头顶悬一柄明晃晃的宝剑，不知何时就会落下，削掉我脑袋，容不得一点避让反驳。唯一的慰藉或许来自等门诊时遇见的形形色色的人，看到他们，就觉得自己仿佛并不是在孤身奋战，凭空多一点坦荡的信念。在医院以外的人看来，我们该属于同病相怜。

有一次在门口等着。有个阿姨挤到前面来，仿佛是要插队。香樟君就斜眼瞪她，问她拿到的就诊号。

"你们俩是多少号？噢，我是十八号，你们看完了就轮到我。你们俩谁看？是她吧？也是抑郁症吗？"我点头。阿姨停顿片刻，突然转过头对香樟君说："你要对她好。"那神色仿佛泫然欲泣的，与刚才过饱和的攻击性非常不一样，"这个病能治好的。真的。你要相信我。我已经二十多年了,一直在这里看的。你们看我现在就很好。"她的声音为何渐渐露出哭腔来?"但是你要对她好。真的,你一定要对她好。她会好起来的。"

领病历的地方在二楼。因为老年精神障碍的门诊也在这一楼,所以总拥满了形形色色的老人。又有一次我们听见"啊——啊——"的叫声自楼梯口渐渐传上来,一个护士皱着眉挤开人群,迅速掠过。"老年痴呆的,说不清话。"

那老人家坐在轮椅上。隔着人影幢幢,我不愿特地转过头去看他的模样。只有他的叫声如一根细长丝线,悬而未决,在心上来回厮磨。磨得久了,渐渐沁出一层泪水来,浮在眼上。"啊——家里没有人啊——啊——家里没有人啊——"

叫声分许多种。兴奋时的中气十足,愤怒时的横冲直撞,交欢时的意乱情迷,悲苦时,尤其是再找不到方法排遣的悲苦,会让叫声散发出分外沉堕的力量,牵扯着听者摇摇欲坠。他的儿子(是儿子么?)大约也注意到这一点,吼他:"不要叫!不要叫!不吵着别人么?"

其实并不吵嚷。纵他的老父不叫喊,走廊上也一样充斥着各种声响。这边有人哀哀哭泣,那边有两个瘦小的老太太,正因为排队的顺序在竭力争吵。背后一个大妈正铿锵有力地安慰另一个:"医生说吃,你就吃。医生说不吃,你就不吃。总之,听医生的。"再不久,一个同样瘦小的老人举着拐杖从门诊室里冲出来,振臂高呼:"治什么病!治什么病!没病治什么病!"

我感觉自己像被乱流裹挟，周身激荡。又像被人围攻至帐前，四面楚歌，宝刀却还未出鞘。那一刻只觉得非常奇怪：为什么我会突然想起另一个人？那个曾予我最多笑脸与慈悲，为我启蒙并奠定人生的人……我颤巍巍摸出手机来查，又默默想了几天几夜。下一次父母打电话来，我就问："外公最后那样子，会不会是老年痴呆症？"

"怎么可能。"母亲一口否决，非常权威而干脆，"我们家老头子不会老年痴呆的。他是读过书的人，脑子清楚得很，怎么可能老年痴呆。他就是老糊涂了，脾气又坏。自己想不开，活活把自己怄死了。"

七

我一开始不打算与父母说这一场病。因为觉得说也不会有任何正面作用——不指望他们理解，帮助，也不需要。正如他们对我的工作也一无所知：每每被问及"最近在忙什么"，都被我含糊地敷衍过去。

能说什么呢？说我在写字，画画，以此为生？纵如此说了，也不知道接下来还能分享什么细节。更重要的是他们仿佛也不欲了解更多。我对他们的语气太熟悉了，那并不十分认可的，却又不好发表更多意见的语气……是他们自认为的所谓矜持与宽容，在背后支撑着。

是了。无论我做到多么登峰造极，多么万众瞩目，这仍不是叫他们所喜欢的。一个没有固定工作，没有家喻户晓之名气，只靠卖字为生的女儿，实在不是适合拿出去炫耀的对象。最后一次肉眼可见的欢喜仍不过是发生在毕业前的那一次：拿到奖学金，被评为优秀毕业生，他们预想中水到渠成的坦途正在朝我招手……

"试一试呀。"香樟君说，"你要试一试。问题总是要解决的。

你们真的坐下来心平气和讨论过么？我觉得并没有。"

他或许是对的。他知道我既做不到与他们形同陌路，又做不到不计前嫌。始终有根刺，如鲠在喉。可也不是没有尝试过修复、缓和——到底还是不行的，一旦放松下来，口气和缓下来，他们就总免不了又变得自我感觉良好。忍不住想要在我身上指点些什么，挖掘些什么。最关键的是……最关键的是他们始终不认为自己有错。

一提到他们做过的叫我介怀的事，母亲就开始哀哀哭泣，只一个劲地问："我们真的做错了么？真的是那么不可理喻的父母么？别人家小孩怎么都不会这样呢？"又或者是还原初始模式，毫无保留地朝我大叫："你就是嫌我当年管你太严。你不知道我为你的事流过多少眼泪！"——呵，眼泪，她或许也终于知道只是眼泪而已，她真正的付出非常有限。我冷笑，知道又如何？你流泪是我的要求么？是源自我的逼迫么？你既然可以枉顾我的眼泪一意孤行，那我为什么不可以呢？

（《源氏物语》里，光源氏抱怨紫姬总是嫉妒。紫姬含泪反驳："我是什么时候学会嫉妒的呢？正是你教我的呀！"——教会我这一切的，难道不也正是你吗？）

父亲也没有更好。看上去他更理智，更乐于沟通，但希望只会招致更大的失望。他的语态真挚得叫所有人都无从怀疑：

"看你小时候写的日记，都是很快乐的事情呀。"

"明明是你那时候进了少年班，学习紧张，压力大，才会这个样子呀。"

"我们那哪里是骂你呢？ 都是与你讲道理。"

"你怎么可以这样说？ 把自己说得这么苦。好像是穷人家的小孩子一样。"

"我们为你付出的还不够多？ 你自己摸着良心说说 —— 还要怎么多？"

也是能理解的。自认为付出那么多，失去那么多，若要被全盘否定，接受这一切做法都是错误，大半辈子就都没了意义。到底是不肯面对，不肯放手。可错的到底是错的……难道那逞强背后的贫穷，短视，刚愎自用，年复一年的辱骂，回避，强行扭曲，都是不存在的么？

或许对他们来说当真是不存在的吧。自尊就有这么重要。面子就有这么重要。既然如此，那没有什么好多说的了。

我又与他们长久地失联。仍是只有香樟君跑去圆场，接话，解释说我又病了，苦口婆心与他们开解。次数多了，我心里也过意不去，觉得太拖累太麻烦他，偶尔也就接一次电话。父亲顾左右而言他，故作轻松的腔调分文未变，轻松到几近轻佻，仿佛我们在谈论的只是一些无伤大雅的玩笑。

我恨极了 —— 装什么？ 大家都心知肚明，装给谁看？

我能理解你不想提起。甚至我自己都不想提起。可香樟君已絮絮与你们分析说明那么多，说她不喜欢这样，这只会让她感觉更糟糕……为什么还是一点改善都没有？ 又想打探点什么，又舍不得开口，又没有真的豁达到愿意放手，只愿以纯粹的乐观与坚定来鼓励我……这算什么？只是想满足那与动物无异的一点对自身血脉的担忧，以及身为家长所必须享有的知情权与指挥权么？

我于是大大方方与他们说："对，抑郁症又犯了。"

他们就哽住，沉默，反而不知如何接话，一时间非常尴尬。我体验到一种成功报复的快感。你想知道？那我就都告诉你。你怎么又听不起了？

休养的整个过程，都没有让父母参与。这决定看似不近人情而刚愎自用，或许也不值得被效仿，但从后续的发展来看，或许是最有利于康复的做法之一。其实拒绝住院也是如此——皆属并无实质错误，但相对来说不那么符合主流观念的选择。说给别人听，就难免要被诟病。

真的可以吗？一个人能搞定吗？医生的权威判断，亲人的感情需求，真的都要被你舍弃吗？

是的。就是这样。是一场自己也不知道有无可能胜出的尝试，赌上自己的命运与所有相爱之人的期望。我不鼓励所有与我一样为疾病所困的人采取同样操作——除非，除非你与我一样，心中模拟过这一切落空的最坏打算，并足够义无反顾去接受。你也与我一样绝非逃避，绝非自欺欺人，绝非意气用事，而是出于深思熟虑后的理性分析，利弊权衡，对自己的本性与需求有足够清晰也符合客观事实的认识。你还要有足够多的耐心与意志力，安排好应对各种危机情况的方案。即使在最艰难的无力自拔的时刻,也有能力克服那些影响,保留一丝旁观者的清醒冷静,把自己从床上拖起来,往自己的嘴里塞入必要的药与食物,尽可能控制生命朝更"好"的状态去运作。

这是底线。信心,意志力,符合客观情况的理性认知,它们缺一不可,共同构成不可逾越的底线。当然还有药物——你要动用精神力量,不代表精神力量能解决所有问题。

如果不能保证,就不要铤而走险。而如果你偏爱自生自灭,那……那或许又是另外一回事。谁说活着就一定比死更好了?

谁有资格这样说?

八

你要承认这是一个艰难痛苦的过程。但既然决定要好起来,既然这是你决定的路线,就必然要承担与之相应的牺牲。

比如药物带来的副作用。不是发胖,而是眩晕,嗜睡,狂躁……对,服药后心跳极快,血脉偾张,时时刻刻安定不下来。想尖叫,想大笑大哭,想夸夸其谈。想起武侠小说里说有人练功走火入魔,"气血逆行",大约就是这样的感觉。等那劲头过去,就像大病过一场。精疲力竭,整个人都脱力。

比如漫长的等待与煎熬。什么都不想做,什么都做不得,日日虚度光阴,坐看天光老去。生命像一截注定要断裂的烟灰,默不作声的火星子一点一点暗闪着烧过去了……

比如寄托在亲密之人身上的压力。给彼此的作用力……他们的疲惫、疏忽、困惑,甚至是不满与不解,都不能作为自我放弃的理由而成立。被放逐的父母且不谈,纵是香樟君,也无法为我提供一应俱全的需求。开车去超市,我忘记关后备厢,他就忍不住要呵斥几句。我像是被迅疾闪电劈中,全身不能动弹,拒绝他靠近……

应激反应要过上好几天才能疏解，他问：你会怪我吗？ 我说：怎么会。

现实或许会比预想的更坏。若要独自解决问题，你会做好这样的准备吗？ 于忍耐与释放、宽容与严厉、理智与情感……一切矛盾之间找到微妙的平衡点，你能做得到吗？

如果可以的话，就沿着脉络摸索下去吧。如果不觉得苦，就尽可能摸索得深一点，再深一点。你需要摸清楚那背后所有分支，交汇，走向，才有可能穿透它，融会贯通，挣脱它的羁绊与困顿。你也要回过头来看，无论多么可怕，多么难看，多么千疮百孔……那依然都只是过去的事，也是构成你生命质地不可分割的一部分。

你想要突破，就必然要先离开自己的舒适区。如果做不到全方位无死角的清除与照亮，那就接受它与你和谐相处，息息共生。野兽与恶鬼不一定需要被放逐或杀死，你也可以顺着它的呼吸与脉搏，抚摸它的皮毛，凝视它的眼睛，驯养它，接受它的存在，允许它有不伤筋动骨的坏脾气。逃避并非可耻之事，但若能做到回头直视，那会是更深刻的勇敢。

医生可以治病。但想通问题的那个人，只能是自己。

"我的人生本来就是三流电视剧，别人怎么添油加醋，传说我黑暗的过去都无所谓。只是，迈向光明未来的剧本，我要亲自来写。"

共生

一

  有关抑郁症的话题，我与语文老师谈过三次——我是说面谈。

  第一次是在大二升大三的那个夏天，也就是休学未遂的那个夏天。她得了抑郁症的事情是 V 告诉我的："你知道她得的是什么病吗？抑郁症！"回想起他当时的表情，有种严肃的猎奇，仿佛是掌握了什么颇为了不得的情报。

  我也颇诧异。在此之前，我只知道她在我们高中毕业后没多久就因病停止了工作。"她看上去真不像会得这种病的人。"——我记得自己当时是这么回应的。

  V 就又洋洋洒洒地说起来。说他是如何从自己的表哥——大我们两届的学长那里听说了这件事，而语文老师一家是如何辗转求医，多方打听，寻找各地的校友与学生帮忙提供信息……与现在相比，那可实在不算是一个互联网医疗发达的年代。据说直到最后她住到医院里去，也不知道自己得的是什么病。

  V 说："有机会要去看看她，问问她怎么会这样。"他以一声叹息结束了这个话题。

是吧。那时候的我们，对这种疾病的了解都非常简单，甚至根本谈不上所谓的了解——对人也是一样。正如我也从未想过阿晚也会去看心理咨询，也未想过后来别人也用同样的话来评价我。"你挺好的呀，看上去真不像会得这种病的人。"

是这样吗？是的吧。那些随心而发的感慨，并无必要骗人。我一个人去看语文老师，坐在她家清凉的卧室里，也不觉得她看上去与记忆中有何改变。外面是炎热的三伏天，阳光兜头雪亮。她的声音却仍像当年课堂上那一泓娓娓道来的泉。

"我也不知道是怎么回事。"她笑笑，"只是头痛，发烧，暴瘦下去，做什么都觉得没意思。"

她仿佛并不很愿意与我详述疾病的过程。只是讲到由工作而生发的感悟与困惑，当年那么多学生的来去，每一个都能叫我们若有所思。她说曾有学生因英语听写不及格而被英语老师叫去隔壁班罚站，小小男生出于自尊死活不肯走，扒住墙壁看她，目光里满是哀求。她没能阻止，于是成为执教多年最无法释怀的一件事，默默与自己说决不允许同样的情况再发生在自己班上。但没隔两年，又遇见另一个男孩，这次是物理作业没写完，被老师取消了参加随堂考试的资格。那男孩执意要参加，被当众甩了一巴掌，他气急了竟从最后一排抄起座椅就朝物理老师砸了过去。物理老师找了一群老师告上状来，力证这学生品行何等恶劣，性情何等乖戾，定要记他的大过。可她坚决不肯——为此被孤立，被排挤，教务组对班风议论纷纷……她说她感到难过，却一点后悔都没有。

我知道她说的。可我只知道一部分，砸老师的事件就发生在我们班上，危言就是那个搬起椅子的男生。

"其实都是很好的孩子呀。"她说，"为什么不给他一个机会呢。为什么要急于盖棺论定？"

她的眼帘垂下来，再抬起时，眼睛看向我的眼睛："每天都看着那么多孩子，聪明的有个性的孩子。很想为他们多做一点，到头来却发现自己根本改变不了什么。"

是无力感吗？ 是因此而来的无力感。我想同她说我是懂得的 …… 可仍是说不出口。话题很快又回到我身上，她以独有的如大地般丰美温厚的方式鼓励我。她说："是金子总会发光的，这话是不是很俗、很老土？"自己先笑起来，"可你要相信，这是真的。"

那是第一次。

第二次是在我读研的时候。她已恢复工作，时常在网上与我聊天，执意要看我的男朋友。国庆假期，我就带他回了一趟中学。我们在教学楼前有一张合影，她笑起来眼角嘴角都弯弯，根本看不出是年近五十的人。校园还是那个校园，闹市存幽静，闻香好读书。她一路走一路夸香樟君的好，"什么时候我女儿也能带个这样的男友回来，我就很放心了。"

有她班上的学生路过，彼此热情地打招呼。她就拉住对方，絮絮地与那小女孩介绍我。"…… 是比你们高几届的学姐，你一定听过她名字的。"态度十分肯定，"阅览室里那么多期校报都拿给你们看过，她的文章是最多的。"

又问我恢复得如何，说："不要想太多……过好自己的日子，本身就是种成就了。不是每个爱写东西的人都一定要当文豪，你说是不是？"

我们当年入校的时候，也是这一番光景。我记得清楚。高大浓密栾树尚在花期，一阵风过，吹落的花瓣如黄金急雨。草地仍是碧绿清绝的草地，树下石碑仍是镌刻着"民国××年"的青苔石碑，风中流淌桂花清甜香气。可那一排紫玉兰却长高了，欢声笑语的源头也不是同一批人……香樟君的手包裹着我的手，很是温暖，我就冲语文老师未置可否地笑笑，没有多余的话可说。

第三次也是最后一次。是我旧病复发这一年，地点约在她探望父亲的养老院。我特地挑了一件酒红大衣穿，要显得自己没那么苍白的样子，我们就一起坐在养老院的走廊上晒太阳。她问我的近况，我也如实与她说，却见她的表情有明显的迟疑停顿。似一团乌云迅速遮蔽了原有的晴日，可很快又推移离去，仿佛什么都没有发生过地露出阳光来。

那之后就是一段很长的经验分享：你要深呼吸，像这样，腹式呼吸，越长越好。很快就能睡着。平时没事也可以做，整个人都会放松……要多做运动，你看我现在，每周打两次羽毛球，生命在于运动，这话一点不假。而且一定要是团体运动才好——有时候我懒得去，他们非拉着我一起打。呵，你知道为什么？因为我是我们这帮人里唯一擅长打前场的女性。我不去，他们双打根本打不起来……要多晒太阳。尤其是晒背心……

她时不时掏手机出来,给我看聊天记录与朋友圈,是她参加的各种活动:羽毛球赛,书法同好会,英语学习班,摄影协会……非常丰富非常忙碌,积极得容不下一丝阴影。

也一样说到她教过的学生们:谁在哈佛留校任教,谁在苹果公司担当要职,谁被研究所高薪聘用……都是来自大洋彼岸的消息,可那些名字我并不熟悉。见她讲得兴起,也只能安静地听。要把这些值得传颂的案例历数一遍,也花掉很多时间,天光在我们头顶缓慢推移。末了,她停下来,意犹未尽,又温言与我说:"生病的事情,以后还是尽量不要讲给别人听啦。尤其是你现在有了家室,将来还会有孩子……总会有人介意的。总会有人介意。若童童在外面交了男朋友,听说这个丈母娘有过这样的病——人家说不定也要疑心的。总归觉得不好。"——童童是她的女儿。

"我以前倒是雄壮得很呢。见人就说——怕什么!我是得过抑郁症的人呢。连我爱人都笑我:好像是给你发了个勋章,多了不起似的。"她又略指一指里间正练字的老父,声音放低,"其实别说旁人。就是我爸爸,也不能理解为什么我会得这个病。直到今天都是的。"

我笑着点头。像当年在课间看《论红楼梦》,被她发现时那样……很相似的情形。

其实是感觉到失望的吧。不能骗自己说一点也没有。那个曾被视作灯塔的地方,再去看时已变作一处民居,升起温暖悠扬的烟火……不是说那民居不好,也觉得很好,觉得它怡然自处,与周边一切看上去更为合衬,但那来探访的心愿就再不能达成了。我为自己有这样自私的心愿略感羞耻,并以一种道义上的平常心去提醒:根本无须有这样的牵挂。房子是那样好,住在里面的人,外面看着的人,都觉得好。何尝有一处是不对的呢?

只是不一样啊。不一样的是我还是觉得,它不应该是一个被藏起来的事情。我也试过吞咽、消化、掩埋、封锁,可到头来还是决定要说出口。那种感觉,像是体内埋着大块黑色煤炭,包裹着一整片深邃清丽森林的过往。那里面曾有翠色与繁花,纵然回不去了,但如果任由它们团团缄默于地下,就只能是不见天日的幽咽凝滞厚重。

天长地久。总有人会靠近,总有人会探问。甚至连自己心中也会有疑问。这里的土壤、水文,为何会是这样的呢。如果要在这里开垦、种植,需要考虑哪些条件呢。若到了功亏一篑的时候,问题就只会变得更多。这地表以下究竟存在些什么,才会让后来的大兴土木都功败垂成呢。

只有挖出来,这片土地才可能得以彻底清理,才有可能变得轻松。

(而如果它能多少带来一些能量,燃烧,发光,发热……那自然就更好了。)

二

  与语文老师的交谈让我变得有很多事情要想。那后来的许多个日夜,都躺在床上静静地想。想很久而不发一言,叫香樟君继续紧张,以为正在逐渐好起来的病情又会恶化。
  接受治疗已半年有余。复诊的周期在变长,药量在减少。躯体症状基本都得以缓解,吃饭,行走,不再卡顿。能做一些简单的事:画画,收纳,烹饪。夜来不用安眠药亦可平稳入睡,虽然噩梦还是时有发生。
  春来风日渐长,黎明时有鸟声啁啾,打开窗探出头去,外面空气是一种温柔的冷。春天的冷与秋冬天的冷有本质区别,像爱你的人发出的呵斥声……他带我去远足,像小时候父亲母亲带我去那样,看见湖畔柳枝笼上一层遥看近却无的润泽颜色,尚未复苏的草地上能见到初开的堇菜与老鸦瓣,玉兰萌发花蕾,对着阳光看,毛茸茸亮晶晶,古人形容它开花是"木笔书空",好像饱蘸颜色的笔尖在天空中信笔涂抹……他就说,春天到了,你也好起来了。
  我说:"可我还是不能工作。我会不会又回到原来那样? 又变成一个废人。"

他说："你要相信。你的身体把这些天赋，能力，封印起来，是有理由的。你要像基督山伯爵那样，等待并心怀希望。"

我病得久了，他也成了半个医生。

不。我不要等待。如果心怀希望，那么我必须坚持做一些除了"等待"之外的事情。我要去挖掘，深省，痴缠，搏斗，不放过一丝一毫可能，不予罢休。我见过太多只是等待的人了。心怀希望但埋怨命运的人，如我的父母那般埋怨不公的政策，如我的追求者那般埋怨不曾获得机会。我不要。我绝不要做他们当中的一员。

所以才要一个人静静地去想。你想要什么？不想要什么？你到底是怎样的一个人？……撇掉所有外界不相干的信息，一次次地扪心自问。或许有人要说：想那么清楚，何必呢？有这个必要吗？看看我们，不也是稀里糊涂就这么过完了一生。可对我来说真的有这个必要啊。若不愿将自己的选择托付与他者，那么不深究明确这些来历，就不可能真正把握此后余生。

你要避开那些血管、筋络，自最微小处抽丝剥茧，一点点解开死局，看那颗心的本来面目。你去看。不要再欺瞒逃避自己的眼睛，你能看到什么？

你看到的仍是当年那个在花丛与书海中迷失的小女孩。希冀旷野驰骋，如烧不尽的草，关不住的鸟。她的爱与不爱，其实一直都非常明确，可正是因为太明确了，眼里只有那所爱的人或事，才反而忽略了还有"自己"。自己的血肉被早早供奉在"爱"所铸就的祭坛上，挫骨扬灰，亦在所不惜；也正是因此，才会在那么多的不可知与不可控中，察觉到自身无可避免的局限，从而比别人更迅疾地沉堕，更早地意图放弃。这一属性足够解释清楚经年累月来的种种矛盾——至于你一度自以为的了无牵挂、随波逐流，其实都是假象，都是巨大的认知错误。

所以为什么非要求自己合群，温柔，相亲相爱，客气乖巧？为什么要把一身本来就属于自己的刺摘掉？

那都是你的一部分。都是构成你的存在的必要因素。

你先要承认自己身上有不向光的那一部分。这是这一切的前提。你的表达，创作，那些细微敏锐因而很容易被刺痛到的神经末梢，莫不是得益于此，任何人想要覆盖或遗弃那些黑暗面，也都必须将与之关联的恩赐一并交付出去。相辅相成，自然界一向如此公平。

那么问题来了：你是要舍弃那些从深根蜿蜒上开起来的花，还是要保留那些滋养向阳花朵的根？

——这不是一个需要纠结的回答。那些花对我来说很重要，是我生命所在的意义。我要保留它们。我很确定。

所有的鱼都在水里游。但也有鱼想要蹦到岸上去。你尽可以嘲笑那条想要上岸的鱼，说它愚蠢，得不偿失，不自量力。——我曾以为自己也是那样的一条鱼。理应被嘲笑、鄙视、唾弃。但现在我懂得了。别人尽可以否定我，但对我来说，那并不是真的。因为我是一个人,我有独立的意识,有对我来说比"生存"更为重要的东西。我毕竟不是一条鱼。

三

我于是尝试着去跟更多人说。从较为接近的同学同事开始,谈及过去未来,若逢有必要解释处,就清淡而清晰地告诉对方,因为我曾患过较严重的抑郁症……是否因为这种坦然叫对方也受到感染,抑或相互筛选过的交情为彼此预伏了更可靠的共情能力——总之于我说过的每一次,倒也没有谁表现出肉眼可见的惊异与恐慌。

他们甚至主动说起自己亲历或见闻过的类似情况:

一个同事说她曾为产后抑郁困扰经年。天日无光,无事落泪,几欲抱着孩子去死。她的丈夫却完全无法理解,说:"你这是没事找事。"她自觉在家中无容身之处,才速速出来找工作。

另一个同事说到他的本科同学。即使在入学门槛极高的艺术院校也堪称出类拔萃,却最终为这恶鬼所困,选择从高楼一跃而下结束自己的人生。"他曾经是我的榜样。"他声音渐渐低下去,"可能是他太聪明了,都看破了,人生对他来说没有什么值得留恋。说不定在他心中,可怜的是我们。为了生老病死,红尘俗世苦苦挣扎的我们。"

　　一个同学。她当年复读，再次参加高考，成绩极佳，去了一所鼎鼎大名的高校学医，硕博连读，却在最后关头倒下，休学，抑郁失语一整年。"后来我就转行了，"她微微一笑，对我与阿晚说，"今年重新考上研究生，读英国史。"——我们都知道她自中学时代就很喜欢历史的。

　　另一个同学说到她在乡下的儿时玩伴。失联良久，再次从家人口中听说，是因为躁郁症被拉去住了院："我其实很想做点什么帮帮她。于是我在网上认认真真，仔仔细细查了一大圈。可看的东西越多，越觉得：我最好什么都别做。"

　　……

　　不是没有在精神病院里见识过。我很知道走出医院大门，这许多精神上的失常都还存在，却很容易变得不可见。可换做在活色生香的餐厅里说，在人声鼎沸的街道上说，在拥挤的地铁上说……那总归是不一样。四目相对，前因后果唏嘘一场，才会恍然意识到，这个人间，这读秒的红绿灯，商场的悦耳广播，芜杂的街角与杂货铺，来往的人群……井然有序运行着的，擦肩而过触手可及的一切，均与新闻媒体播报出来的抽象数据直接关联：

　　"据2016年官方数据统计，中国抑郁症患者已超过1亿……"

　　"平均每13人中即有1名抑郁症患者……"

　　"我国抑郁症患者就医率不足10%……"

　　很远。又那么近。

如果它是一件足够叫人放弃生命的事情,那它就必然不是一时兴起的小打小闹,而有着等同于,甚至大于一个人一生分量的严重性。

如果它可能发生于任何时间,任何身份,任何场合,那它也必然不该是异类,不是小概率,而是我们生而为人,必然要承受的合理风险,一如站在阳光下的同时也必然要接纳的阴影。

如果真的是这样。而事实也证明应该就是这样。那么,它不应该那么轻易被忽略、讳莫如深或另眼相待的一件事。它应该和感冒一样正常,和恋爱一样普遍,应该允许被发生,更允许被解决。

它不应该是各种糟糕情绪和怪异行为的垃圾桶。不应该是标榜一个人与众不同的工具。但也不应该被埋没,被否认,好像哭泣的小孩子那样哄一哄就散了——事实上,纵是小孩子的每一道哭声,难道我们又真的都了解吗?

四

然后是开始对陌生人说。网络暴力见过太多次,关于精神疾病的非议与控诉见过太多次。我很清楚自己要面对的舆论环境有哪些——自杀被认为是不尊重生命的自轻自贱,精神病人被认为是会对他人造成危害的巨大风险。至于抑郁,要么是不值得同情的小题大做,要么是这个人悲观无用或装疯卖傻的证明……无论哪一种,都不是好东西。

我提醒自己要做好最坏的准备。脑海中提前将所有可用的负面评价都过了一遍——矫情、软弱、噱头、浮夸、骗子、戏精、没事找事、故弄玄虚、无病呻吟、自作多情……能想象它们会像小小的箭矢一样朝我飞过来,而我不可能有反驳的意愿与能力。因此也犹疑,三番五次止步退缩。对住记忆灰头土脸挖了许多日,琐碎纷乱甚至痛苦的记忆终于整理成清晰字句、完整内容,等的只是按下对外运输的那个按钮。

也有意无意去看了很多别人从体内挖出来的东西——有的如钻石闪耀剔透,有的如远古遗迹般壮烈恢宏,也有的被怀疑是虚张声势，无中生有，一场骗博人眼球与眼泪的炒作。看得多了，还是忍不住要觉得自己的事情都没有什么可说，那自少年时代就存在的疑惑再次拷问自己：我的肉身完好，亲友善终。我没有进过集中营，没有被人鞭打凌辱，没有在饿殍遍地的环境里求生，亦没有体验过需要进ICU的病痛……一切极端的人间惨象，飞来横祸，我都没有遭遇过。我的痛苦是成立的吗？是真实存在的吗？就算真实存在，说这些又真的会有用吗？有什么用呢？若是它带给我的压力与指摘，比不说还要更大呢？

我于是又要想很久很久。但无论如何，这是没有做过的事情，总是要有所取舍的。另一条路已被我走到死，我总要换个方向试一试。就算所有人都觉得这是自寻短见，觉得它没有被言说的必要……

就让我自私一次吧。

真正叫我下定决心的是这件事。电视里看到相亲节目，有男嘉宾对心仪的女嘉宾深情款款唱了一曲《童话》。不见得是多么惊人的唱功，但那词曲却好生熟悉，只听着听着，就忽然有什么东西被唤醒，我能清晰地听见V的歌声在我耳畔响起来。先是与电视里的声音重叠，对接，然后就独立地延伸开去，再然后是一连串往事，排山倒海，冲进我的脑子。非常奇特的感觉——像是开闸泄洪，成像的胶卷飞速推转，密封的收纳箱倾倒了满屋。海量信息叫我张着嘴却说不出话，泪流满面，跳下床去寻找大学时代的日记本，一直以来不敢触碰的黑匣子——翻开每一页，有泪痕，有潦草字迹，有随手夹在里面的花瓣……时光敲碎一地水晶般的事实，无言纷纷零落。

我想起 V 曾对我说，说出来是很痛快的事情。像是一直以来抱着的一个很重的包袱，终于被放下了。

他说的是对我表白的时刻。活了廿余年，我从未对任何人表白过。他的感受我能想象，却并不能十二分懂得。如今时隔多年，与他有关的记忆终于为我所唤醒，乃至那几年里更多挣扎于悲欢中的漩涡。在这个纠结于是否要"说出口"的时刻，我就觉得自己好像终于懂了。

爱与抱歉，大约是人间最难说出口的东西吧。说出来，就意味着有软肋暴露在光天化日下，难免会危险，落下把柄，为居心叵测者利用。因此非要到关键时刻，不然大多数人都是含蓄而躲闪的。那根植我体内的疾病大抵也是一样：最脆弱的部分，最难以启齿的，说出来，就意味着不再有退路。

（可我要说。）

就是那一刻，我确定自己的头脑做好准备了。

一开始也没有敢说很多。只寥寥发过几个帖子，将那些并不至于过激的体验和见闻如实相告。住在精神病院的经历，又或许是养病时为消磨时间纾解心情画的那些小画。我把它们做成一个相册，按日期推移一张张更新。（可即使如此，一笔一画也都是从我骨缝里挤出来的。）点下"发布",就不敢再多看一眼,迅速关掉页面,逃之夭夭。非要等新消息通知越来越多,一条条刷了屏,才想着"一口气痛个彻底吧",于是点开来刷一遍。不料映入眼帘的竟多半是祝福、安慰、鼓励,仿佛小时候去郊外放风筝看到这里那里的野花,积累下来,可连成一整个春天。

我很愿意去理解和慰藉他人。却没有想到,世界对我也有这样宽容的一面。也没有想到同病相怜的人,愿意开口与我交谈的人,会有那么多——他们作为素昧平生者与我讲述自己的故事,各种被抑郁与精神疾病所困的人生……我记得有一个女孩在读者交流会上遇见过,胖胖的,很羞涩,所有人都走光了,就连邀请合影的网友们都走光了,她才小心翼翼跑过来,说也想请求一个合照的机会。这一次她发了很长很长的私信给我,说自己是如何在高中患上抑郁,长期吃药而发胖,又是如何在许多个日夜苦苦煎熬,想打电话倾诉却不知道可以打给谁。

"如果你也有那样的时刻,可以给我打电话吗?我虽然不一定能提供解决方案,但会尽量做一个良好的倾听者。"她说。

还有一个与我同姓的男生。他的留言总是很长,细腻得像上好的象牙雕刻或骨瓷茶器上最细小的花纹。他说到在异乡留学的孤立无援,想触碰又收回手的徒劳无助。饶是如蒙克的《青春期》一般灰暗悲戚彷徨的调子,也还是会认认真真地对我说:这是一件了不起的事情。我多么庆幸能遇见你。你已经做得很好了。

很多……真的有很多。以及各种病人的亲友,对精神失常的母亲深感痛心又忍不住会烦躁怨怼的女儿，为好友的抑郁心存挂念却不知道该怎么做的初中生，想要摆脱家人的限制，偷偷带妹妹去精神病院看病可是不知道要去哪里的哥哥……那么多人都有一段不由自主的往事，都深切地思考过死与生。我尽可能去回复，挑力所能及的解答，可林林总总盘算下来，无法有效回应的却仿佛更多些。他们的求医，倾诉甚至发泄……明明递到眼前来，那么近，想了一圈，却还是不知道要如何应声。

当然也有骂我的。预想的词句都多多少少出现过，带来的冲击倒是全然没有预想中那么重。即使有些话当真不堪入目——

"一看就是扯淡。"

"又一个卖惨的。不要脸。"

"现在什么人都敢拿抑郁症出来装了。"

"编这么一堆话，能拿多少钱？"

"呵呵精神病院里到处都是疯子。互相欺负，互相看不起。哪有医生对你慈眉善目？哪有家属还互相帮助的？还列这么多条，一二三四五，我可去你的吧。"

"你们这种人就是危害社会的毒瘤。是哪个医院这么大胆子，敢放你出来？"

"文艺婊可别卖弄了。是神经病就闭嘴，滚回去好好吃药。"

……

也有很多自认为颇有发言权的，比我看得更透彻更深的，一一过来很肯定地指点我：

"是你和你的家人都太没用了。"

"字里行间都能看出你是个小心眼的人。"

"作者对抑郁症一点也不了解。这种段子,骗骗无知群众罢了。"

"说穿了还是你自己的认识太肤浅。你根本不懂什么是科学,要是真的懂,就不会有这么多烦恼了。"

……

很奇怪啊。是因为提前做好防范了吗,还是因为见识过比这更大的风浪? 肮脏的措辞与居高临下的语态,竟都不怎么叫我觉得痛。只有那些无力回应的部分会叫我觉得痛 —— 隔着屏幕仿佛能看到走投无路的哀诉。求求你,救救我。我真的不知道要怎么办。

生病要去看医生。要相信科学,要听从专业建议,乖乖治疗,给自己也给相爱的人一个机会 …… 我至多只能与他们说这些。可有时候连这样放诸四海皆准的话也难以宣之于口 —— 因为太知道背后的动机,知道这短短几句话或许什么都不能改变。毕竟自己也是那个曾回避就医的患者啊,抓住一根救命稻草就想不顾一切依附上去的求助者,一个为疾病的耻辱罪孽感捆缚住手脚的人。

黑洞太大太深,靠近之际会让人被那引力吸得变了形,慌不择路。其实是非常无可厚非之事 —— 这本来就是症状的一种。

我记得有过一个头像很漂亮的女孩发私信来骂我:"你这个贱人,自己好了,却对同样抑郁到想死的人不管不助。矫情的贱人就和爹妈一起去死吧。"我不明就里,再往前翻,才看到半年前还有另一条私信,她问我想自杀的人应该怎样做。我没有回应。或许是私信太多，看虽看了，却根本来不及回。

我把她的账号转给网站管理人员，希望通过官方的自杀干预热线来解决。可管理员的回复是：经过我们的判断，这并非一条自杀信息。

理智也如是对我说。可还是难免要感觉到难过，跳进我脑海中来的是当年以自杀相威胁的危言，还有 V 的那个失恋跳楼的好哥们。若当真一点苦楚也无，谁要好端端地说这样的话呢？谁要拿生死之事来戏弄为难别人呢？

何况她说的也并没有错。我是在用这种方式与自己和解，却不知不觉成了别人眼里的参照物与过来人。只要站在开诚布公处，那投递来的求助声就会一直在。我因此想起深爱我的父亲，以及那个坐在明亮房间里奚落我的医生……局限原来从来相似，不是没有立地成佛的心，可要以手头现有的力量，却总是救不得所有人。

五

这应该就是人生吧。我们谁都无法满足所有人的愿望，也必然谁都要背负一点罪恶与残缺。当然有这种可能，也应该为自己没能做到的那部分有所牵念，可只要决定活下去，伤害就始终会存在，必然不可幸免。

这算是借口吗？是怨怼吗？我不确定。确定的是即使知道这是事实，我还是想尽可能去尝试看看。看如果多做一点，多理解一点，会不会有更少的伤害、更优的解答。

其实我想对他们说的是，你们不要勉强自己啊。我希望你们都不要勉强自己。我不想也不够资格劝你们求生，更不能放言祝你们好死，"明天一定会更好"这样的话，我是断断说不出口的。我知道这里面每一步都是艰难，艰难到无论说什么都近乎苍白。甚至这条路会非常漫长，反复消磨，折转，甚至倒退，南辕北辙……我与你们一样，深有体会。可命运一定是掌握在自己手里的，即使有一万个人跳出来说：

"郁闷是没有必要的。"

"死亡是值得惋惜的。"

"不要想不开。"

——除了你自己,又有谁对你的生命更有发言权呢?

我知道你也不想放弃。不想麻烦到、伤害到旁人。可我也知道那同样是非常不容易的。所以如果觉得累,那就停下来吧。如果觉得悲伤,那就哭出来吧。如果不甘心,那就去尽可能争取吧。如果无法获得理解……那,要么放掉那些不被理解的东西,投身到人群里去,要么就背起它,一个人转身上路吧。

那些只爱自己的人,为了爱自己而不惜损伤他人的人,固然是不值得效仿的。可总得先爱自己,先肯定了自身存在的合理性,世上的一切才有可能成立啊。

还有那些旁观的人。我后来听说过很多有关抑郁导致自杀的新闻。喝农药的老人、上吊的企业高管、跳楼的新手妈妈、留下遗书后出走沉湖的优等生……总有声音窜出来,以身畔亲友与知情者的名义,一再强调"他/她根本不像是会做这种事的人"。信誓旦旦,言之凿凿。

可为什么一定要强调这个呢?是因为不相信吗?还是说他们确实就是这样想的——确实不相信自己所熟知的那个人,会做出超乎预想的选择,他们的了解那么透彻那么深。可如果事情就是这样发生了呢?最终结果就是不留情地指向那些难以置信的东西,就是证明既有的"认为"都是错误的呢?

我们对彼此近前的那个人到底有多少了解呢? 为什么一定要为他／她的一切下定义,做选择——他／她的快乐与失落,困境与追求,并十足肯定地宣布,"他／她应该×××,不应该×××"呢?

我知道你们或许不能理解。要发自内心地理解的确是困难的事情——但就算不能理解,也可不可以稍微多一点相信呢? 相信那些苦衷是成立的,是切实存在的,是可能化作倾盆暴雨、狂野洪流,将一个人彻底席卷吞没的。是。也许他们并没有逆天的才华、绝世的姿容、跌宕起伏的经历,可世间多的是这样的人——这样的人,就一定没有抑郁的可能吗? 没有失控的资格吗? 没有放弃生命的理由吗?

天下就不可以有一种无来由的,根植于心的,内源性的疼痛吗? 为什么同一道菜,我们能接受有人觉得辣有人觉得不辣,而同一桩事件,同一个身份,我们却要去评判有的人可以抑郁,而有的人不能?

劝慰一个人最好的方式,不该是告诉他,你伤得不重,一点也不要紧,为这样的伤口哭泣毫无必要。而是认可他的疼痛,投之以信心,并积极地为他寻求治愈的方法。自己又不是那个受伤的人,又无法体会他的疼痛是否当真无法自拔,从根本上否决对方那些真实存在的负面情绪以及由此而来的困境,无论怎么看都不像是帮助,而更像是二次伤害——插入心脏的刀子随手拧一拧,反而插得更深。

还有那么多的精神疾病。那么多种类，那么多被认为是有病的人……是，是有很多疯癫的，无法自愈的，可能存在危险行为的。可因此就要将他们隔绝开来，要这整个群体都去负担相关的狼藉声名吗？还是说这就是人的本性，我们的思维被允许简单粗暴到这个程度，一个标签就足够覆盖所有我们不了解的东西呢？

或许还是没能意识到吧。身为普世定义下的正常人，没能意识到无论心理障碍还是精神疾病，与普通的"病"存在本质区别：它们是涉及认知的病变。你的月亮在我眼里并不是月亮，你的欢喜也无法被我解读为欢喜……倘若对这一点有所了解，或许就不会奇怪于当事人的疯癫。也正因为这种认知上的差异，诸如"割自己会疼""有病得治"之类的种种理性判断，对于我们并不见得适用。

我见过太多消极配合，拼死抵抗，甚至认为自己根本没病的人了。他们是如此坚定地相信着自己所感知到的一切，以至于在他们和"正常人"之间，很难说哪一方是对的。换个角度想来，所谓的"帮助""救援""治疗"，很多时候也只不过是旁人一厢情愿的施舍与自我感动……

因为与别人不一样，就一定是坏的吗？因为有残缺，有风险，就一定是该被摒弃的吗？尤其是发布在公开平台上的那些碎片化的言论——在没有了解真相之前，没有挖掘出更多可能之前，对于这样复杂庞大的问题，真的有必要争着去表态，下定论吗？看上去是非常轻松的一句话，会给他人带来怎样的暗示与煽动，又有多少人会因为误解产生有违本意的争执与怀疑呢？

六

医生认为我康复了。我可以停药,也可以不用再来复诊。可就像他说的那样:"有的人天生乐观,有的人天生敏感,只要在正常范围内,你就要知道这是可以接受的一部分。"

是的。比起许多人,我还是更容易惊觉,更容易细致地想,不遗余力地做。我仍有很多的不自信,很多的悲观,即使在慰藉他人的时候,也会更谨慎地字斟句酌,不去说那些自己也不相信的话。

香樟君说:"你要尽量放轻松一点。那些悲伤的东西……能不在意的话,就尽量不要去在意。你的悲伤确实是比大部分人多的。"

我说:"可是叫我开心的东西也比别人多呀。"

这是实话。花枝春满,我就开心。早上买煎饼不用排队,我就开心。切菜,看到草菇切开的剖面好像外星人的脸,我就开心。有鸟儿落在厨房的窗台上,搭了巢,热热闹闹地叫,我就开心。

香樟君就无力反驳。我不说,他确实也不会为这些小事动心。

又想起母亲的抱怨:"非要选这么一条路……这很烧脑子的,你知不知道? 做什么非要把自己活得那么累?"

我已经不打算说服她和父亲。经过那么多年的尝试,那么多年的盼望……到底没能找到更好的办法。我自己也累了,或者说是想通了。曾经那么想得到的他们的青眼,以及发自内心之理解的交流……都变得没那么重要了。我不喜欢被别人改变,也不喜欢去改变别人。我怜悯他们,厌恶他们,或许能理解他们,应该也……应该也爱他们。可唯独没有办法做到的,是亲近他们。

我知道这不是一个理想的亲子关系。可这是我当下能做到的最好,我已经尽力了。

(你会想要去做得更好。可每一刻都有每一刻的不足够。你要承认。)

也还是会被触动,感到难过。看到有人说自己把房子租了出去,碰见有抑郁症的房客,在里面自杀。他于是要花很大篇幅愤怒地声讨:"抑郁症就去医院待着好吗?要死也不要死在别人房子里好吗?我与你无冤无仇,有什么天大的过不去的怨要拉着我陪葬?你死了,倒是痛快,我的房子要怎么办?断人财路,也真的是活该去死啊。"

他说的当然不是我。可我看到,还是会难过。觉得他说的都对,都无力辩驳……可要怎么办呢?就像我很久很久以前就思考过的那样,当真到了活着百无聊赖,找不出一丝意义的时候,有谁能帮忙提供一个绝对无碍于他人的死法呢?

你看,还是有那么多问题会想不通。

也仍有明明很好，却叫我觉得不那么如意的地方。比如，会有很多人说，真坚强啊。真是精彩的人生啊。真想像你一样，用这样的态度去面对生活啊……知道这一切都是出于纯粹的好意，可还是要觉得，我不想你们像我一样。

我去过一些地方旅行。最耿耿于怀的是敦煌的莫高窟，柬埔寨的吴哥窟。那种感觉谈不上喜欢，也谈不上震撼，而更像是一种基于意识底层的共振。或许你生命中也遇到过类似的东西——可能是一本书、一句话、一个地方、一个人……都不重要。重要的是，你与它萍水相逢，但相逢的那一刻，却觉得像是一种回归。你的呼吸、脉搏，与它的纹路质地，产生不可抗的和谐共振。仿佛你们认识彼此已很久很久……几乎是理所当然地，就成为彼此印证。

它们被时光侵蚀，被战火浸透，被强势的手掠夺，又被废弃，被遗忘，仿佛从未存在过一样沉睡。及至映照入眼之际，它们已面目全非。

流动的笔触断裂，华丽的色彩黯褪，恢宏的穹隆破碎，成一地断壁残垣。

当然。你会说如今科技发达。有许多途径可供模拟，推演，叫今人窥见它们的原貌。但……但那终究是不一样的。

它们已然经历某种程度上的摧残与放逐，浩劫与幻灭。它们的今天，已不可能再是那个安然无恙默行千年后的今天。

我知道那废墟也很美，是另一种叫人一眼看尽毕生姿态的美。那也是时光与世事百态的见证，也有苍凉深刻的别样风味。

可是，如果可以选择的话，会有人在坐拥一座平安宫殿、满目虔诚画卷之际，认为定要将它摧毁才是最好结局吗？会希望看到它分崩离析的样子，并以为比这一刻的盛景更值得吗？

有许多人怀抱莫大的善意，劝慰我知足、感恩。说这是与众不同的经历，是上天额外的馈赠。可是，如果可以选择的话，为什么一定要经历这样深彻骨髓的疼痛，无能为力的悲哀，以及千金散尽一无所有万事皆空的绝望呢？

而我又要如何才能说明，这一场破釜沉舟的仗可能具备的难度：退而求其次的方案，迫不得已的心愿，曾拥有的那些东西，它们真切存在的光彩，花好月圆、风生水起的过去……以及不得不承认自己失去之际，那痛彻心肺的感觉呢？

不。不。请珍惜你现有的每一刻。请不要轻易向往或效仿这样的人生。可以的话，也不要像某些游客那样，闲散慵懒地朝那废墟一眼望去，心不在焉地听一篇解说，就自认窥见了一个王朝，一派古老艺术的真身。当然这些都不那么重要……重要的是，我希望你从开始的那一刻就避免，不要把自己活成另一座废墟。好好地修建，好好地爱护。

战火绵延上身时，尽可能去扑灭它吧。掠夺者冲进门来的时候，尽可能去保全那最珍贵的部分吧。海啸与地震袭来的时候，如果还能坚持,那就尽量再坚持一下吧。可若当真就是不能如愿,到了必然要垮塌的时候,那你也无须惧怕,要允许它发生 —— 那之后,才会有屹立不倒,大难不死……可那是整个过程的最后一步啊。

很矛盾是不是?

实在抱歉。我也想不到有什么更好的方式来阐述。

七

也有媒体采访过我。其中一个问题是："你为什么会想要把这些说出来？"

这仿佛是出现频率最高的一个问题。在各种私密的个人对话里，公开的访谈中，这个问题一次次出现。那很多关注我的人，默默给我点赞的人，也都发出过同样的提问。他们说：这不是什么很要紧的问题。如果让你感到不舒服，千万不要勉强自己回答。

（真是温柔啊。）

是啊，仿佛有许多人不知道而想要知道为什么。为什么呢？

这当中是有变化的吧。一开始很简单。当你觉得它不该是一件被隐瞒的事情之时，就自然而然会允许它在言论中出现，被知晓。谈及它，就像谈到饮食起居一样正常，而因为它所引发的更多更深层的思考，也值得被拿出来认真地说。而后，当你开口，你会发现原来不止自己一个人在纠结，在缠斗，从而产生一种在旁人看来或许可笑的道义感。不知不觉间，那收到的鼓励与关怀，面对的不解与争论，乃至更多的询问与倾诉，都成了想要继续说下去的理由。

我们都是孤岛。或许终其一生也无法踏上彼此的领域，走不进彼此的丛林与河流，看不到对方的秘境里的繁华与渺小。可如果有风与海潮能在我们之间交换某些东西，花粉、水流、种子、鱼群……那就已经是一种肯定。一种知道自己并不是在孤身奋斗的共鸣，即使来自很遥远的地方。

那篇访谈被许多人看见。甚至衍生出二次创作，成为营销号绘声绘色加工的偶像故事。然而原文里的一切并不真正叫我满意，甚至有细心的网友也会发来私信，诉说自己看到后的不快，质疑采访者对细节的考究甚至用意。当然这不能责怪记者——他很尽责地前后邀约数次，希望能坐下来面谈，可我终究还是做不到。有限的文字交流更难被把控，无法碰撞出更多火花，想要强调的部分不免要被忽略。而所有的措辞，基于他人之口而来的转述，都难免存在叙述者本身的修饰性与目的性，即使是我写在这里的诸多实例，本质上也并无区别。

故事可以被很多人解读，可以有很多个版本。可人生……人生只能是你自己的人生。

八

  到底还是值得的吧。这前前后后所发生的一切,自己选择的一切……兜兜转转,终于开始觉得自己身上有一种坦然,仿佛只在天真无邪的童年时出现过的,那种舒展自如,理所应当的坦然。因为无所遮掩,自然就无所谓崩塌与沦陷。因为知道自己与旁人的局限在哪里,所以不会再抱有举步维艰的执念。对的,错的,好的,坏的,仿佛没有什么是不能开诚布公的。至于那个黑洞,那个恶鬼,我因背负它而可能需要面对的更多困境……我不打算与它势不两立,将它赶尽杀绝。它若沉睡,我就陪在它身边。它若骚动,我就静静看它,与它对话。

  你也一定很不舒服吧?那就发泄出来吧。看看这一身上下,有什么可以帮到你的吗?我愿意牵着你一起往前走。我们是共生的。我们一定可以,也理应和解。

  我希望你终其一生,都不要遇见它。没有人活该要与它相爱相杀。可如果遇见,我希望你也能与它和解。或许还有更好的方式……但对这一刻的我而言,这已经是最好的解答。

九

曹植有一篇诗，名为《善哉行》。开头四句是：来日大难，口燥唇干。今日相乐，皆当喜欢。

我看见就觉得很喜欢。

无论到什么时候，都是一样的吧。我们种花，把自己活成一片森林，每天都会有花瓣缓缓落下，融入大地，然后再生。我们添砖加瓦，延续自己的生命，那更是在修建万里长城。未知的痛苦、风险、阴霾、碎裂……都会在，会一直在。不到最后尘埃落定的那一刻，谁能判定是否如意呢。那突如其来的摧折，潜移默化的灾变，谁能说它一定是有意义或无意义的呢。或许这一刻就是生不如死，就是没有好事情发生——谁也不能保证将来一定会有，可在真正的全盘覆灭之前，我到底还是想多坚持一下。

你来看我，能看到这里，我就很喜欢。

一点后记

1

我不确定有多少人会看到这些。但还是写下来吧。

2

写在这本书里的这一切，都是真实发生过的故事。我自己的故事。或者说，是我自己心中，真实的故事。

吃过的药，患病与治疗的手段，均是个人经历。我希望这些能为你提供一种可能，但不是模仿的对象，更不是适用于所有人的标准。

虽然现阶段对抑郁症乃至精神类疾病的诊疗手段仍然有限，但最可靠的方法仍是向专业医护人员寻求帮助。

3

截止我写到这里，不知道有多少次心里是怀疑的，后悔的。感觉是把自己卖掉了。整个，无保留，不遗余力，从此往后你们就都知道我是怎样一个人了。无论那好的还是不好的,都被摆到台面上来,你们什么都知道了。

我要拿这彻底的出卖来换什么呢?一笔稿费,一段倾诉欲,还是一个可能压根不会有的虚名?这做法是否得不偿失……我其实都想过的。甚至想过要对编辑说,"要不算了吧"——动不动就会这样想。可最终还是一次都没能说出口。这会对她带来困扰的。

唉,我到底是这样一个人。总不清楚自己在想什么。

4

身边为数不多的知道我要写这本书的人,都很支持我。他们都说这是很厉害也并不十分常见的经历,对自己、对旁人都会有所助益。是非常真心的鼓励,鼓励我写出来。

可我总不这么想。真的,我做了这个决定,一开始却不知道应该写什么。交付的第一版稿件跟现在完全是两副模样——我写了一连串别人的故事,他们遇见的问题,罹患的疾病……唯独不敢提及我自己。

可天底下哪有这么好的事情呢?既能全身而退,又能充分地表达自我。写完了,躺在床上,依旧觉得该说的话没有说出来。我讲给朋友听,对方问我,是因为写自己的故事太痛苦了,难度太大了吗?我想了一圈,觉得好像也并不是的。我不是承受不了那些痛苦,可我在害怕什么呢?

是怕伤害到自己,还是怕伤害到与自己有关的那些人?甚至这些都不是,只是一种条件反射?

这我也不确定答案。

5

但我到底还是决定去做了。将这一切尽可能真实地说出来。关于抑郁症,除此之外我不知道自己还能做什么。好像也并没有很想做什么——我不是一定要说服谁,改变谁。从这个角度而言,这本书只是为了给我自己一个交代。

当然,如果真的能对别人有一点什么好的作用,那就实在是太好了。

6

就在刚刚过去的一星期内,我在网友群里听闻一个小姐姐再次尝试自杀。又在微博上收到一个关注我很久的女生的留言,说她的病情似乎正在恶化,医生认为需要住院治疗。虽然痛苦,但她非常想好起来。她们都是抑郁症患者。

我知道太多抑郁症患者了。不是在医院里,也不是在相关话题下,只是在各种普通的、闲聊的、日常到不能更日常的场合。当他们不开口时，没有人会把他们与这种疾病联系起来。可他们说的都是真的。

明明有那么多人在置身其中。在体验，在斗争，在被困扰。

可愿意主动说出来的人太少了。能了解和理解的人就更少。它总是伴随大量的无知、误解、臆想、偏见出现，以至于我不止一次看见有人调侃：抑郁是个筐，什么都能往里装。

据我所知，抑郁与一切罪行，或是有失道德水准的作为，并不存在必然的直接关联。不是抑郁症让人变坏，而是坏人也一样有可能得抑郁症。

7

抑郁症确实存在很多种类型。可以有很多种表现，也有很多种理由。就我个人而言，没有什么特别想渲染夸张的地方——若你想看那些飞来的横祸，宿命的机缘，剧烈的反差，跌宕起伏的激情桥段……在我身上，在这本书里，怕是都没有的。

这大约也是我对抑郁症，乃至大多数精神类疾病的一个理解——不见得要有多么惨绝人寰的起因，也不见得就是什么稀罕离奇的病症。它固然是特殊的、与众不同的、性命攸关的，但也是普通的、必然存在的、随处可见的。它可能发生在身边每个人身上，每个人都存在失控的条件与可能。而我们自身，既没有那么强大，也没有那么脆弱。

8

如果你也被类似的问题困扰,如果你想来和我说点什么,我是很欢迎的。但我很担心自己帮不上你。抑郁症这个话题太大、太复杂、太矛盾了。一定存在一些事情,是现在的我难以做到的。

虽然好像有点残酷,但我希望你能了解这一点。可以吗?

9

如果非要说有什么心愿的话,那就是,希望抑郁症,乃至所有的精神疾病,都能被更多地了解,被更合理地对待。

至于我自己想做什么,怎么做,那就不用在这里说啦。直接去做就是了。若有了结果,你们自然会看到的。

10

感谢墨西,本书的编辑。没有她的支持与帮助,不会有这本书的存在。

感谢香樟君。

感谢诸多网友与身边朋友的关注,喜爱,信任。对我说过每一句温暖的话——它们像一朵朵小花。即使独自盛开时并不起眼,但连在一起，就为我带来了一整个春天。

    最后，感谢读到这里的你。毕竟在茫茫的书海与人海中，我们都有很多选择，即使有一颗真心，交付起来也不是那么容易。
    能够相遇已是难能可贵的缘分，我很想要珍惜。

附录

十一月十日

　　听了医生建议，开始考虑住院的事宜。
　　但目前没有床位，只能等。

　　早晨出门散步，想去植物园走走。
　　等了很久都没有公交，于是又回去。

　　头痛，无法集中注意力，长在休息，却越来越疲倦。
　　拿起手机想找人聊之天。
　　通讯录挨个翻下去，一个人都没有。

　　午后出太阳，但一点也不温暖。

　　为方便回溯病情，决定做此记录。
　　握不住笔，写字也难看。

十一月十二日

（重症时）

开始有类似发烧的症状。上次住院前也有。
不好写字。四肢颤抖。
难以控制行动。

重看《时々刻々》，哭泣数次。
勉强迫自主运动，出去打球。结束后却更压抑。
天色清虎，悬铃木金黄。光影看厕苍老。
于我无用。

明天去乡医院门诊，心中畏惧。但提醒自己常继承。

味觉下降。痛感下降。
难以分辨食物味道。手指割破，不觉疼痛。

梦见蝾螈。沼泽。更多异形生物。
整理旧照片，反复清点。

想失踪。但找不到可行办法。

十一月十三日

只想睡觉. 睡到天荒地老.

十一月十五日

　　又是坏天气，该死。

　　另看了一名医生，仍诊断为重症。所有维度均受影响。
　　甚至对我们说："这样严重，为何现在才来看？"
　　可我并非有意拖延，却是觉得自己尚能忍受。
　　轻易求助，对我而言十分矫情。

　　不想吃东西。
　　变笨很多，无法清晰流畅思考。
　　有很多想说而没法说出来的话。

　　也许已经无尤可逃。

十一月十七日

　　看了第三个医生。考虑再三，未应允不住院。
　　尚可自理，说明理智尚存。
　　比之医院，更相信一人独处的安静自由更适合我。

　　已不是多年前那个小女孩。
　　那时对医生和病友充满信任，无论多么痛苦也尝试交流。现在呢？
　　即使很好的医生，亦无法让我产生信任。
　　他们的语态、措辞、神情……
　　一种职业性的亲切与冷静，却仍有细微的反感透露出来。
　　很遗憾，我做不到完全的信服。是我要求太高。
　　不想勉强自己。

　　推掉所有工作，交了最后的书稿。
　　准备好好放一个假。
　　有多久没有放下工作休息了？很是想不起来。
　　每天写与画，构成这些年的全部。
　　除了它们，并不知道自己还能做什么。

　　听雨。什么都不想，什么都不做。
　　解救的线索不在他人。在我自己。

十一月二十日

嗜睡。可能是药物反应。
每夜不再做梦，一个梦都没有。但仍早醒，醒来又睡过去。

成天无所事事，甚不适应。

想起那天看医生，对方略带嘲弄的口吻。
"你来这里治疗，并没有人强迫你来啊。"

还有网上的评论。
"你太矫情。"
"是你和你的家人太脆弱。"
不打算做任何解释回应，就像从前一样。
总有人不会知道他们轻易的一句话可能带来的伤害。

所有痛苦，只有想懂的人才可能懂。
所有痛苦只能自己解决和承受。

十一月二十二日

　　精神略有好转，大约药物开始见效。
　　能感觉到精力、兴趣有所恢复。
　　虽然还是疲倦。

　　可以对简单工作做出思考，整理资料之类。
　　但无法创作。

　　仍无任何梦。

　　降温多日，囤大量蔬菜在家里，闭门不出。
　　每天睡超过12小时。

十一月二十四日

精神恢复两天，又开始变差。
恶心，头晕。
隐约头痛。

昨日是小雪节气，居然下了小雪，很巧。
有网友说等着看我的《节气手帖》更新。
很遗憾，这次不会有了。

困倦，视力涣散。
靠窝在被子里打游戏度日。

不想读书，不想出门走动，不想梳妆打扮。
觉得人生毫无意义。
万事万物皆如此，游戏一般，一场虚空的格斗。

十一月二十七日

风雪过去，天日晴好。
又开始大量做梦，甚至说梦话。
反复梦见被追杀，天罗地网，无处可逃。

头痛、晕眩、困倦持续。
精神倒好一些，见朋友可有说有笑。
但知道自己内在仍是废人一个，行动力极低下。

踢毽子、打球，运动都会有呕吐感。
晕车也严重，据说都是药物副作用。

处理掉一些旧衣物。
腾出衣橱空间，买了几件新的。
抹茶色大衣有可爱的木扣子，深蓝色连衣裙是"七草粥"的图案。
都很合身。

即使只是微小的改变，也要想办法的下去。

十一月二十九日

病后弟一次与父母联系，比预想的好。毛少没吵架。
坚持轮号送花。

嗜睡有所缓解。但睡眠质量也低。需服安眠药。
服药后，有一刻钟左右的反应时间。
如一张无形的网罩住大脑，随之而来是越来越强的晕眩。
口中发苦。复诊时听说也是药物副作用。

食欲略有好转，可维持一日三餐了。

买了机票。周末和香樟君出去散心。
尝试轮号的学习与工作。
细麻清扫房屋。

十二月九日

出去旅行数日，无任何改善。
一路受伤，弄坏东西，只想窝在酒店睡觉。

吃错药，把安眠药当抗抑郁药吃下去。
且是加大后的剂量。
本该仰天大笑出门去，却只能昏睡在床上不省人事。

眼看他人工作取得进展，游乐寻欢。
自己仍是行尸走肉一具。
重新联系上的旧日朋友，亦无法如从前一般无话不说。
但觉天地浩大，自己却一无是处。
不知活着还有何事可做，何话可说。

闻到街南蜡梅香气，方有舒心的一刻。
然而只是须臾的一刻。

十二月十日.

　太痛苦了.

　头痛得像要爆炸，无法控制.
　眼泪一直一直流下来，一直流一直流.

　无法控制声音和手.
　拿也不起东西，说不出话.

　想有个人拿把刀刺穿我.
　可我没有力气自己去拿刀.

　如果不是因为对目前为止的人生都不满意，
　我应该早就去死了吧.

十二月十二日

近日状态变坏，比半个月前糟糕许多。
长时间卧床不起，行动力非常低下。入睡困难。
持续头痛。
超过半小时的痛哭三次。
背、腰均出现不明原因的疼痛，仿佛被巨大利刀劈开。

药物再次加量。医生强调必须如此。

夜间多梦，伴有挣扎、尖叫，但不记得个中情节。
手脚不听使唤，总是僵硬。

只想一动不动。

十二月十四日

　　要维持清醒啊．
　　想起医生说的、行动力、思维能力之类，比情绪更难恢复．
　　每次复诊都很紧张，但还是要去．
　　果然是持久战．

　　饮食、作息，也要合局规律．
　　早睡早起，一日三餐．
　　让身体适应正常的节奏，即使那很辛苦．

　　为了自己想做的事，必须更努力．

十二月二十日

今天忘记吃药了.

精神好像有所好转, 思维也在恢复中.
但仍无法深入思考, 特疾集中注意力. 否则头痛欲裂.

作息逐渐正常. 食欲改善.

做家务. 外出会面. 办理手续, 均可胜任.
还需谨慎观察.

十二月二十六日

头痛，腰痛，难以起身。
天气阴霾，有小雨。冬季真是最适合抑郁症的季节。
万物凋敝，日短夜长。
可以裹着厚鹅绒被和热水袋，一直不起来。
最安全的环境。

桌上瓶花，由桂花换野菊，再换蜡梅。
日月其迈，不知所终。

只有忍耐。忍耐这泥吃鸟死的每一日。
以及坚信。近乎偏执地坚信自己能好起来。

十二月三十日

　　今年的最后一个工作日.
　　看来跨年要在生病中度过了～

　　近期病情无太大起伏，只是安心调养休息.
　　年底有琐事需一一处理.
　　催稿费．确认新书进度．被来访．审合同……

　　希望一切可继续好转.

　　加油 :)

一月五日.

　　凌晨四点醒来. 听见外面淅淅沥沥的雨水声.

　　头痛欲裂, 难以入睡.

　　之前感冒未痊愈, 咳嗽不断.
　　安眠药减至三分之一.

　　内心盼望春天.

一月十二日

去复诊，开药，医保系统故障，只好改天再去。
吃光的药盒堆积如山。

起床，从床上摔下来。看来要做些调整肢体协调性的运动……
从前心中总有无限思虑，从无停歇，一股蛮力。
休息这么久，开始想做更收放自如的自己。
心中渐渐升起希望。

如一个编辑朋友所言，
"春天会来的，一切都会好的。"

一月十七日.

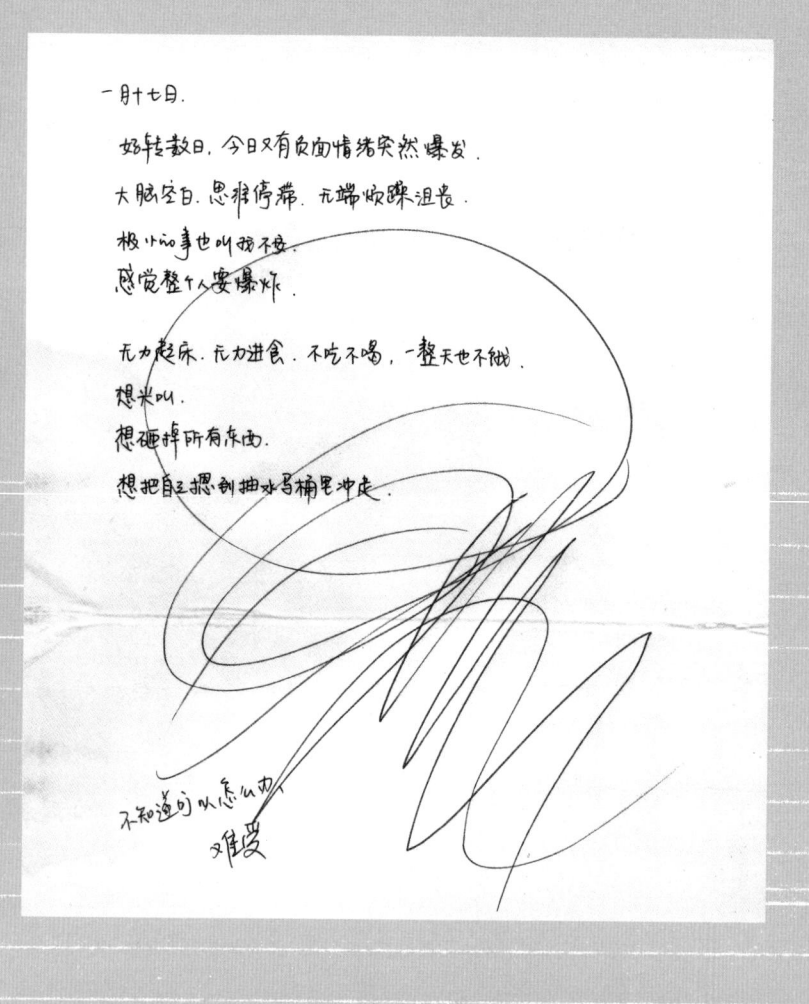

　好转数日，今日又有负面情绪突然爆发。
　大脑空白，思维停滞，无端烦躁沮丧。
　极小的事也叫我不安。
　感觉整个人要爆炸。

　无力起床，无力进食，不吃不喝，一整天也不饿。
　想尖叫。
　想砸掉所有东西。
　想把自己摁到抽水马桶里冲走。

　　　不知道自己怎么办
　　　　难受

一月二十四日

不知不觉生病已近三个月。
或者说，病情本就缓慢持久，只是这三个月更为激烈。

生活中的行动力变强。
今天洗了许多衣服，晒被子，整理房间，并未觉得累。
思维活跃度有所提高，但仍缺乏兴趣。
去图书馆借了2本书。

每天都要吃很多药，抗抑郁的药，改善睡眠的药，调理内分泌的药……
半夜睡不着，只能是去吃药。
睡着后出汗又多，醒来全身湿淋淋，冷得发抖。

看到采访稿里的自己，公司里的自己，读者和网友眼中的自己。
梦里的自己。
分身之术，没有止境。

二月二日.

　话有些变多. 像是要把之前没说的都补回来.
　与香樟君讨论旧事, 有许多新的感悟.

　忽然觉得身边许多场景都慢下来.
　不再有那么多焦灼. 惊惶. 急不可耐. 患得患失.
　有的人越来越生疏. 有的却越来越亲融.
　如果不是因为生病后的静息, 真不知道何时会改变和发觉.

　当我们急于改变而不得要领时,
　也许只是因为最合适的时机还没有到. 命运的缘份还没有来.
　最好的方式也许只是尽力而为. 然后等待.
　又或者虑虑本身也是推动发展的因由之一.
　环环相扣.
　全力以赴. 顺其自然.

　坐了很长时间的车, 一路未睡.
　看到路边田野, 内心与它们一样, 非常沉静.
　知道会有种子在积蓄力量, 知道春天终将到来.

　比起数月前, 心里已不害怕.

二月三日

开始考虑开动一些工作。
为接下来的项目列出规划，每一项 in time line。
不同的是不再过分急切了。

看以前的手绘，有几张图初看无碍，细看却觉得不够生动。
正是卧病前画的最后几张。
精神状态对人的影响果然是各方各面的。
对创作者而言，作品永远不会骗人。

也在反思自己对身边人的态度。
不知是天时，地利，还是人和，觉得一下子想清很多事。
前所未有的笃定，前所未有的平静。

对了，今日立春。

二月四日

好像有狂躁倾向。
想起武侠小说里有人练功走火入魔,"气血逆行"——
就是这种感觉。

双手剧烈颤抖,情绪异常亢奋激动。
总想参与其he或大动干戈一番,非常难受,之前从未出现。
即使平常说话,也很兴奋,语速极快。
怕在人前惹出麻烦,所以决定这几天不出门。
需观察是否能平静下来。

反复梦见激烈场景:坠机、地震、被追杀、各种死亡。

二月七日

　睡眠极差。反复的噩梦、惊醒。
　比起从前的阴森诡异，现在更为血肉横飞。
　从前是日本恐怖片，现在变欧美恐怖片。

　梦见自己眼睁睁看着家人在火海中被烧焦。
　好友被从26楼推下，摔得支离破碎。

　前两天被香樟君当众喝斥了一句。原本心好转一夜回到解放前。
　即使提醒自己要淡定，也力不从心。

　从来知道康复不是易事。

　倒也不是没有好事发生。
　网友寄来新鲜蔬菜，非常感动。说要回礼，对方却执意不收。
　有那么多那么好的人在给我力量啊。

　不要怕。慢慢来。

二月十四日

　　今天过生日，也是情人节～每年最期待的一天。
　　无论多少年过去，生日也总要过得像小女孩。

　　收到许多网友祝福，很开心。
　　多好的事情啊，被人喜欢和记得。

　　明天是手后第一次复查，希望一切顺利。

二月十六日

天日晴暖．夜来下了点雨，然后又放晴了．

去复诊．拔及狂躁发作，被告知药物可能过量，需减半．

与杏样君发脾气．哭．不理他．因为突然感觉得他不会喜欢我．
半夜给他写长２的信息道歉．
梦见自己被狮子．老虎．猎豹撕咬．血肉模糊．缓慢死去．
又梦见坐地铁．遇见战场爆炸．尸横遍地．

冷静下来．被编辑留言叫起床．一起校对稿子．
未刷牙．未洗脸．未吃药．一忙就到午后．没办法．赶时间．
手忙脚乱找袜子穿．只找到一只．

打开窗户．地面微润．阳光慵懒．
春日气息与流淌，已十分浓郁．
明天好像又要降温下雨．
天日与如病一般反复．

二月二十三日

药量减半后，一些症状有所好转。
夜间不再出汗，过high的情绪也再未出现。

但仍有大量的梦。
昨夜先是梦见死去的外婆。她还活着，持刀砍杀我。
又梦见被成群大黄蜂追着蛰。伤口如一个个大图钉嵌入体内。
疼痛难忍。无法动弹。早晨醒来身体仍是麻的。

期待天气回暖。心情和行动力会更好。
期待一场场花开。

想上或许生病原因皂有一样应该是"过劳"。
一年四季，一贯无休。又尝试太多自己不适应的事情。
所有的兴趣都被发展成了工作。

越来越懂"循序渐进"的道理。

三月一日

复诊。
情绪大部分时候趋于稳定，医生表示可放松心态继续观察。
复诊周期亦相应延长。

给朋友买了漂亮胸针做礼物。
去植物园，看见大株玉兰已绽放，花色皎洁明亮。
喜欢新生柳条的姿态与颜色。
连带发现最近对绿色颇有好感，抹茶绿、苍藓绿、薄荷绿。

稿费大都到帐，新书也进入最终统筹阶段。
天气转暖，准备恢复跑步，早睡早起。
一切都有复苏迹象。

"春光如酒，恣脚深杯。春宴持酒，长歌未歇。
春情似醉，渐唤眈客。春愁待酒，不与人言。"

三月六日

　　今日又有些发躁．心口突然乱跳，略有坐立不安．
　　睡眠断续．常半夜醒转，又朦胧睡去．

　　被一个同行网红在社交群组里公开辱骂．
　　有朋友看不过，偷偷来告诉我．
　　看截图里对方用尽各种词语贬损．挖苦，势都誓不两立．
　　早知道他看我不惯，可一个人是要有多愤怒才会需要这样？
　　意料之中所以倒不很难过．更多是怜悯与困惑．
　　想来朋友也是好心，要我小心祸从之口．

　　控制好自己．
　　不用加油．尽自己开心就足矣 :)

三月八日

躁狂迹象比之前更为严重。

心跳极快，血压升高，手脚身体都停不下来。

头晕，想尖叫，或大哭大笑，坐立不安。

像当年上台领奖前一刻，紧张，焦灼，兴奋，激越。

持续2～3小时，发生在服药后。

狂躁停止后如大病一场，精疲力竭。

头晕，思维停滞，脑中嗡嗡作响，甚难受。决定明天去看医生。

尽方做个辛缓放松之事，听歌，整理照片，做手工。

在阳台上晒太阳，补衣服。

然而收效甚微。

夜里梦见在学校，听课，看电影，被卷入阴暗之事。

女生被揪下叫走，用烟头烫，用开水淋，尖叫此起彼伏，异常凄厉。

我也被拖进去，扒光衣服，但没有叫。

然后又是逃跑，大汗淋漓醒来。

三月十九日

病情似乎起伏颇大，又回到抑郁低落状态。
好不容易才说服自己起床吃饭。
不想动，不想说话。
不想吃东西，也不觉饿。

睡眠极差，半夜到黎明不断惊醒。
什么都不想做。

三月二十日

春天的新蚕豆，嫩嫩的豆粒，只直接水煮来吃就很美味。
洒一点盐，可以喝一大碗。
生日时大家送的鲜花已全部风干，又有源源不断新的鲜花送来。
家里一时间到处都是花。

还是不太有心情工作，新的内容总提不起笔。
偶尔发点文字，画个小图。
但整体是静默的。

有网友建议我去乡下住，多做体力活，比如种地养花。
那样的日子也不是没有体验过的——一体验就是三年。
可找到底的了选择。
宁可在各种奋进的不确定中被抑郁侵袭。
也不要一亩三分地的知足常乐，随遇而安。
"那些小心翼翼的幸福，容不下我野心勃勃的灵魂。"
这一点，在毕业之际就已很确定了。

明天去复诊，希望排队的人少一些。

三月二十七日

　　莫名发烧。头痛欲裂。好久没有这样厉害地痛过。
　　夜间又大量出汗，被褥湿透。
　　全身疼痛无力。

　　有很多想做的事啊。
　　不要急。慢慢来。

三月二十八日

　　前几天是头痛，这几天转移到身上。
　　胸口、肋下、腰间、各个关节……都在痛。
　　全身没有力气，昏昏沉沉。

　　半颗安眠药毫无反应，一颗差强人意。
　　躺在床上，无论什么姿势都不舒服。
　　呼吸里也含着痛意。

　　天气越来越暖，想多出门走动。
　　力不从心。

　　又有合作方来询问，才知道上次那人的叫骂还在持续。
　　"有时间破坏别人的花园，不如让自己的花开吧。"

三月三十日

　　医生说抗抑郁药已不适合，遂换了新的药物。
　　副作用是嗜睡。again.
　　昨晚睡了11个小时. 下午又睡了3小时. 现在还是很困.
　　什么事都做不了.
　　吃饭. 洗澡. 上网. 无时无刻不想睡觉.

　　想起上一次住院时隔壁床的小姐姐. 精神分裂症.
　　也许她也有吃这种药 —— 早年赢足主要治精神分裂的.
　　所以她大部分时间都在睡.

　　恍若隔世.

四月十日.

　　每天只能做一两件事情，就是说工作.
　　疲惫与无法集中注意力，都是大敌.

　　想写的东西迟迟无法动笔，想画的画总半途而废.
　　安一再提醒自己常淡定，
　　还是会忍不住觉得目标离自己都太远.

　　要想办法让自己多动，这样才好得起来.
　　吃健康食物，多运动，多说话.

　　真的真的，很想好起来.

四月十八日

控制躁狂的药物已减半。嗜睡程度亦相应减轻。
开始加大运动量。
每晚跑十圈，快走3km，人非常舒服。
有些年跑步，总缺乏耐心，想快点结束回去工作。现在不会了。

更多去朋友的花艺工作室。
这个春天，做了盐渍樱花、干花胸针、植物染。
看了早樱、海棠、晚樱、绣球。明天去寻紫藤。
吃了春笋、苜蓿头、马兰头、荠菜、豌豆、草莓、小蒜头、新土豆。

能感觉到力量正一点一点回到体内。
即使有动荡，也不要着急、不要强求。
一个人若找到对的状态，那么对的事情必然会发生。
对的结果也会到来。

天气变得暖热，窗外清荷覆地，好像夏天快要到来。
只要坚持下去，一切应该都会有转机的。

四月二十九日

　　这个"日记",作为病情之记录,间隔的时间越来越长.
　　总好事情.

　　窗外已是"绿树荫浓夏日长"的景象,
槐花、紫藤、木香俱已开过.
这几天的蔷薇结束,也就真正立夏了.
从立冬前后开始养病,足足半年了.

　　朋友又送了许多花.
一束是青绿色的桦叶绣球+白色蕨草.足足有一米多高.
另一束是芍药、奥斯汀玫瑰与流苏边的郁金香.
颜色娇艳粉嫩,轮廓繁复饱满,又非常香.
抱着走在路上,人人侧目.
回家用两个灌上清水的大玻璃瓶养它们.

　　买了两条心仪已久的 Pink House. 终于又有心情关注外表.
　　"等待,开心怀希望吧."

五月八日

　　周末班得混乱且疲倦，睡了很久。
　　春天过去了，立夏后的空气，潮热而不均匀。

　　随着身体变好，想做的事也越来越多。
　　渐渐能感到压力又涌上来，但我会学着改善它们的。

　　想出去玩一趟。
　　期待能尽早停药，并一直在小心感受着自己。

八月四日

过去三个月里，新书出版，去了一趟英国与爱尔兰。
签了新的图书合同，或许会把与这场病有关的东西写出来。
觉得这个本子或许不再需要继续了。
医生说观察后没有大问题的话，可考虑停药了。

觉得时间过的很快。

新的写作令人有平静之感。
编辑说的对，这也是一个自我疗愈的过程。
如体内的丝，如今需要慢慢地，一点一点地吐出来。
虽然做成的茧形如自缚，但那也是为了有朝一日，破茧而出。
想要成长，这是必经之路。

希望这个本子，不会有需要继续书写的下一次。